KB253913

Christa Wolf

Leibhaftig

·

몸앓이

창비세계문학

24

몸앓이

크리스타 볼프
정미경 옮김

창비

차례

•

몸앓이
7

작품해설 / 유토피아의 상실, 그 이후
169

작가연보
184

발간사
187

일러두기

1. 이 책은 Christa Wolf, *Leibhaftig* (Frankfurt am Main: Suhrkamp Verlag 2009)를 번역 저본으로 삼았다.
2. 본문 중의 각주는 옮긴이의 것이다.
3. 외국어는 가급적 현지 발음에 준하여 표기하되, 일부 우리말로 굳어진 것은 관용을 따랐다.

다쳤어.

무언가 탄식한다, 말없이. 의식을 잃는 순간, 고집스레 퍼지는 침묵을 향해 말들이 돌진한다. 최초의 전설적인 물결 속에서 의식이 그렇게 가라앉다 떠오르다를 반복한다. 기억은 섬과 같다. 기억이 지금 어디로 자기를 데리고 가든 거기까지 말들이 미치지는 못할 거야, 마지막 맑은 정신으로 한 생각 중 하나는 그랬을 것이다. 무언가 탄식한다. 그녀 속에서, 그녀를 둘러싸고서. 이 탄식을 들어줄 이 아무도 없다. 물 위에 떠도는 정신과 물결이나 들어줄까. 기묘한 상상이다. 익숙한 친절함을 잃지 않은 채, 그녀는 굳어진 두꺼운 혀로 속삭인다. 구급차가 너무 딱딱하네요. 그녀가 누운 들것 옆 보조

석에 웅크리고 있던 의사가, 열심히, 그리고 이상하게도 황홀감마
저 느끼며 알아들은 유일한 문장이다. "부끄러운 일이지요." 의사
는 몇번이고 되뇐다. "부끄러운 일이고말고요. 좀 바꿔달라고 아무
리 얘기해도 아무 소용이 없었어요." 그러더니 의사는 왼팔을 움직
이지 말라고 경고한다. 구급차의 흔들림에 따라 출렁거리며, 머리
위 투명한 둥근 용기에서 한방울 한방울 액체가 흘러나와 관을 통
해 팔의 혈관 속으로 투입된다. 신비의 영약이다. 목숨을 구해줄 신
비의 영약. 딱딱한 간이침대에서 흔들리지 않기 위해 여자는 차의
천장으로부터 아래로 늘어진 손잡이를 오른손으로 꽉 잡고 있어야
한다. "상처가 더 아플 겁니다. 이런 상황에서야 놀랄 일도 아니지
요." 의사가 씁쓸하게 말한다. 차는 한참을 달린다. 오르막을 오르
고 내리막을 내려간다. 가라앉는다. 그럴 때마다 더 큰 소리로 탄식
한다. 출발. 출렁이던 그 물결이 다시금 만들어낸 높은 파도가 나를
덮친다. 가라앉는다. 가라앉혀진다. 어두움. 정적.

　이 목소리는 뭐지. 집요한데. 고집스레 반복되는 두개의 음절은
점차 그녀가 아는 말이 된다. 이름이다. 그녀의 이름. 왜 이자는 내
이름을 부르며 말을 거는 걸까. 젊은 남자의 얼굴. 가느다란 수염으
로 둘러싸여 있다. 여자 위에 바짝 다가와 있는 얼굴. 너무 가깝다.
채근하듯 그는 이 이름을 몇번이고 불러댄다. 그것도 너무 큰 소리
로. 성가시다. 대체 뭘 하자는 거지? 대답을 해야 할 테지만 여자는
그럴 수가 없다. 힘겹게 고개를 끄덕일 뿐이다. 마침내 그가 그녀에
게서 멀어진다. "환자가 반응했어요." 더이상 흔들림이 없다. 손끝

으로 여자는 바닥을 더듬어본다. 부드럽다. 머리 위로는 액체를 담은 용기가 두개 매달려 있고, 천장은 흰색으로 칠해져 있다. 방이네, 하얀색 방. 일종의 대기실 같은 방인데, 소란스러워, 외풍도 있고. 여자는 그렇게 느낀다. 여자는 눈을 감고 검회색 내면의 방으로 흘러들어가, 고요한 물 위를 떠다닌다. 사람들의 삶은 물과 같다. "이보세요, 잠드시면 안됩니다." 집요하군. 여자는 가라앉는다. 몸속에서 쿵쾅대는 소리가 나는 바람에 여자가 화들짝 놀라지만, 그게 무엇인지 금방 알아채지는 못한다. 그렇게 심장이 뛴다. 빠른 박자로. 또다시, 누군가 부르는 소리. "무슨 일이 있어도 꼭 눈을 뜨고 계셔야 해요." 앳돼 보이는 소녀의 얼굴이 나타난다. 분홍색 가운을 입고 있다. 알아들을 수 있을 정도는 아니지만, 여자는 몇가지 단어를 만들어본다. '심장'이란 말이 나오지만, 소녀는 알아듣지 못한다. 고통스러울 정도로 느린 동작으로 소녀가 여자의 맥박을 잰다. "선생님, 심장박동이 너무 빨라요." 훨씬 더 젊어 보이는 의사의 얼굴 옆으로 갑자기 당신 얼굴이 보인다. 당신 여기서 뭐하는 거야? 어디서 온 거지? 뭔가 느껴지는 것 같기도 하다. 당신이 뭐라 하는 것 같은데. 나는 가라앉는다. 심장이 미친 듯이 뛴다. 맥박 수, 심장발작 따위의 단어들이 들린다. 단어들은 그녀의 의식 맨 가장자리를 스친다. 난 죽음이 임박한 엄마의 얼굴을 지나 가라앉는다. 나는 엄마의 병실 창가에 서 있고, 엄마의 눈으로 나를, 여름 햇살을 뒤로한 검은 씰루엣으로 보이는 나를 바라본다. 내가 하는 말이 들린다. "프라하로 진군해 들어갔어." 엄마가 속삭이는 말이 들린다. "더 안 좋은 일도 있는데, 뭐." 엄마는 고개를 벽 쪽으로 돌린다. 더 안 좋은 일이 일어난다. 엄마가 죽는다. 난 프라하를 생각한다.

내면의 방이 이토록 많다니. 이제 여자는 상황이 좀 고약한 방 하나로 미끄러져 들어간다. 지옥의 소음으로 뒤덮여 있다. 견디기 힘든 소음들. 여자는 뭐라 불평하고 싶은 충동을 어슴푸레 느끼지만, 거기에 힘을 실어줄 분노가 충동에는 들어가 있지 않다. 그 대신에, 무슨 주사를 놓아야 할지 누군가 그녀에게 묻는다. "약 말이에요." 그 사람이 소리친다. "기억해보세요." 여자의 몸을 거칠게 흔들자 여자가 눈을 뜬다. 불빛이 너무 강해. 의사의 입이 어떤 이름을 말하지만, 여자가 아는 이름이 아니다. 여자는 아니라고 고개를 가로젓는다. "그럼 이걸로 해보지, 뭐" 하는 말이 들린다. 그 자신도 확신이 서지 않는 모양이다. "당신, 어떻게 된 거야?" 당신 목소리가 들린다. 그런데 그게 무슨 말인지. 여자는 질문에 귀를 기울인다. "흥분하지 마세요. 방법이 있을 겁니다."

난 전혀 흥분하지 않았는데. 여자는 흥분할 힘조차 없었는지도 모른다. "상황이 심각하긴 하지만, 그렇다고 죽을 정도는 아니에요." 언젠가 누군가가 여자에게 그렇게 말했었다. 처음 아팠을 때, 영화 스튜디오 외래진료소에 근무하던 담당의사가 한 말이었다. 당신은 그 자리에 없었다. "우리 영화가 '시사회에서 상영되고 검열'받아야 한다는군." 나는 그 말이 배신을 의미한다고 생각했지만, 로타어는 그런 나를 진정시키려 했다. 우리는 스튜디오 앞 벤치, 자작나무 아래에 앉아 있었다. "모든 게 다 잘될 거야. 지금은 바로 이런 영화를 위한 시대거든. 관객은 그 정도로 성숙해 있다고. 높은 자리에 계신 양반들도 예술가들과 갈등을 빚고 싶은 마음은 추호도 없을 거야." 로타어는 확신하고 있었다. 그때 내 심장박동이 제 궤도를 벗어났다. 내가 믿든 말든, 그들이 우리를 갈가리 찢도록 내버려두게 될 거라고 로타어가 말했다. 그러면서 그는 웃었고, 나는 시사회에 가지 않겠노라 말했다. 그러자 그가 웃음을 뚝 그쳤다. 그는 그런 태도를 비겁하다고, 그 자신의 확고부동한 태도를 믿지 않기 때문이라고 여겼다. 그는 상처를 받았다. 그의 이런 표정을 나는 익히 잘 알고 있었다. "내 맥박 한번 짚어봐." 내가 말하자, 그는 내키지 않아하며 시키는 대로 했다. 화들짝 놀란 그가 그런 순간이면 늘 그렇듯 신중한 태도로, 몸소 나를 외래진료소로 데려갔다. 지금도 기억나지만, 그 당시 마음속에서 두개의 감정이 싸우고 있었다. 모순된 감정일랑은 기억 속에 접어두는 게 제일 낫지만 사정은 이랬다. 사람들이 보는 앞에서 쓰러져 내 내면의 상태를 드러낸다는 게 나로서는 정말이지 수긍할 수 없는 일이었다. 지금에야 분명해지는 것이지만, 그건 불안감이었다. 하지만 그래서 이제 시사회에 갈 수 없게 되었다는 건 나로서는 잘된 일이었다. "물론 안되지, 안되고말고." 로타어가 몇번이고 말했다. "우리끼리 할 수 있어. 그게 더 나을지도 몰라." 내 마음속 깊은 곳에서 누군가가 나와 함께 나를 향해 킥킥거렸다.

의사는 어떻게든 여자 속으로 밀고 들어오려 한다. "주사가 별로 효과가 없었어. 기대했는데 말이야." 제대로 된 처방을 떠올리기 위해 여자는 안간힘을 써야 한다. 종종 그런 발작이 있다고, 약 이름을 일일이 알지는 못해 어떤 약인지 모르겠지만 이런 데 듣는 약이 있다고, 당신이 그들에게 말해놓았던 거다. "잘 생각해봐." 당신이 하는 말이 들린다. 내가 건망증이 심해서 당신은 화라도 난 것 같다. 약 이름이 머리에 떠올라야 한다. 이런 비상사태에는 여자의 머리가 총파업을 일시 중단할 수도 있을 텐데 말이다. 여자는 약이 들어 있던 약통을 떠올려본다. 흰 글씨가 새겨진 연두색 약통이었는데. 이제 약 이름을 읽을 수 있다. 여자가 응급실을 담당하는 젊은 당직 의사에게 속삭이듯 약 이름을 말해주자, 의사가 묻기라도 하듯 약 이름을 큰 소리로 따라한다. 여자는 몸을 누이고, 맞다고 대답하듯 눈꺼풀을 들어올린다. 여자와의 소통체계를 이해한 의사는 그녀에게 만족해하는 것 같다. 여자는 의사가 간호사에게 처방전을 말해주는 소리를 듣는다. "우리, 그 약 있어?" "네." "이제 됐네."

그 당시에도 불쌍한 몰골이기는 했다. 아니, 지금 모습과는 비교도 안되니 조금 불쌍한 정도였다. 하지만 과장할 필요도, 아픈 척할 필요도 없었다. 난 로타어의 팔에 의지했다. 빨리 걸을 수도 없었고, 숨 쉬기도 어려웠다. 그 와중에도 그는 어색했던 우리 둘의 상황을 기사도 정신을 발휘해 타개해보려 했지만, 그의 친절이 인간적인 친밀감이라기보다 사무적이라는 느낌을 떨쳐버릴 수 없었다. 그는 사무적으로 신경 쓴, 거만한 표정을 짓고 있었다. 그런 기회에나, 다행히도 아주 드물게 찾아오는 기회에나 그에게서 기대해볼 수 있는 그런 표정이었다. 그러다 외래진료소에 와서는, 크게 나서지는 않지만 그래도 뚝뚝 묻어나는 권위적인 태도를 드러냈고, 아주 사소한 지적을 날카롭게 하여 우선은 접수대에 있는 간호사를, 나중에는 의사를 움직이게 만들었다. 당신한테 언젠가 이 얘기를 했던가? 이상하다. 이 모든 기억이 갑자기 떠올랐고, 딱딱한 간이침대에 누워 난 로타어가 이 모든 걸 언제 어디서 배웠을까 궁금해했다. 우리 둘이 대학을 다닐 때 로타어는 그런 걸 할 줄 몰랐었다. 약간, 단지 약간 불안하기는 했지만, 난 내 약한 모습을 숨기려 애를 썼고 심지어 짐짓 엉터리 표정을 지어 보였다. 여전히 소화할 수 있는 정도였던 이 불안은 물론 두시간 후엔 어떤 다른 것으로 상승하지 않으면 안되었다. 당신에게 이런 얘기를 한번도 한 적 없었지. 의문문이긴 했지만 의사가 분명히 말했던 '죽음의 공포'란 말은 사실 그녀에게 아직 걸맞지 않았다. "죽음의 공포를 느끼시진 않나요? 아닌가요?" "네." "죽음의 공포는 빈맥에 동반되는 증세입니다. 아, 이 말을 처음 들어보시나보죠?"

이제 여자는 그 말을 알고 있지만, 그 말이 필요하지도 않다. 여전히 죽음의 공포를 느끼지도 않는다. 그러기에는 너무 쇠약해졌나보다. 이 주사가 효과가 없다는데도 여자는 정말로 불안해하지 않는다. 이런 유의 발작에는 전문가가 아닌가. 최근 어떤 의사도 인정해준 바이다. 이 첫번째 발작은 미처 준비할 새도 없이 나를 덮쳤다. 뜻밖에, 이 말이 여기에 맞는지는 모르겠지만, 순수하게, 그러니까 자신을 숨기지 않고 왔던 거다. 그리고 그 당시 난, 발작이 한시간, 또 한시간이 지나고도 멈추지 않자 결국 의사가 진료소에는 없는 더 독한 약을 구하러 약국으로 사람을 보내고 하는 일이 뭘 의미하는지 몰랐다. 로타어가 들어와 상황을 살폈다. 그는 유일하게 출입이 허락된 사람이었다. 그건 그의 직급에 어울리는 일이었고, 그는 모든 조치를 취하라고 주문했다. 마치 그녀가 거기에 대해 일말의 의심이라도 품고 있는 양. 여자는 환한 무균실에 누워 그곳이 어떤 곳인지 알게 되었다. 온갖 약병과 기구 들을 보관하는 유리 장들이 사방 벽을 따라 줄지어 서 있고, 커다란 창은 바깥의 녹음으로 이어지고 있었다. 바람에 흔들리는 자작나무 우듬지, 그걸 보고 있자니 마음이 편해졌다. 마음이 편해진다, 이제 이 말은 내게 그 의미를 잃어버렸다. 건강 조심이란 말도. 상상조차 할 수 없는 일이 되었다. 당신, 왜 그런 눈으로 날 쳐다보는 거지.

로타어는 엄격하면서도 친밀한 태도로 의사에게 자신이 도울 수 있는 일들을 나열했다. 자동차를 보내야 할지, 더 잘 듣는 약을 구해야 할지, 혹시 우리 나라에 없는 어떤 거라도? 전문의를 불러야 할지? "모든 방법을 다 강구해야 합니다." 그의 과장된 태도가 의사 앞에서 좀 민망했다. 의사도 민망했던지 예 아니요로 짧게 대답했다. 그에게서 가식의 냄새가 물씬 났다. 언제부터 그렇게 된 걸까? 가식덩어리, 이 심한 말을 당신은 언젠가 사용했다. 정작 로타어 말고 우르반을 겨누어서. 훨씬 나중 일이었던 것 같다. 어쩌다 우르반 얘기가 나왔지? 우르반 일이라면 당신은 예리했다. "지나칠 정도로 예리해." 내가 당신에게 말했다. 그게 무슨 말인지 우리 둘은 알고 있었다. 당신은 어깨를 으쓱했다. 우리 사이에 질투 따위의 말은 오가지 않았다. 어쨌든, "방금 시사회에 다녀왔어" 하고 로타어가 말하자, 난 그냥 "축하해"라고 말했다.

그때 난 로타어의 그런 말에 완전히 무덤덤해지기 위해, 몸이 ─ 난 몸의 술책에 점차 말려들고 있었는데─이 모든 걸 그냥 연출한 건 아닌지 의심하기 시작했다. "참, 우르반이 전화했었어." 로타어가 말했다. 권위있는 존재에 대해 말할 때면 저런 잘난 척하는 표정을 짓다니 우습다. 우리는 그런 그를 놀려대고는 했었다. 특히 우르반은 기회만 있으면 한순간도 놓치지 않았다. "자, 주목, 너희들 일어나. 로타어가 엄숙히 하실 말씀이 있으시대잖아." 이제 우르반이 로타어에게 권위있는 존재가 되었다는 게 우습다. 언제 그렇게 되었나? 직급상 로타어를 넘어선 우르반이 이제 그에게 지시를 하고 그의 일에 대해 판결할 수 있게 된 것이면 충분할까? 어떤 식으로든 가능하면 온화한 판결을 내리거나, 비판이 불가피한 경우에는 아이러니로 포장한 비판을 가했다. 그런 비판이란, 우르반이 표현한 대로, 우리가 같은 알에서 부화한 존재임을 꿰뚫을 수 있게 하는 그런 비판이었다. 직접적으로 입 밖에 내지는 않았지만 이런 보장이 로타어에게는 중요했다. 시사회가 어떻게 됐는지 알고 싶어 우르반이 곧장 전화했다는 것이다. 잘됐다는 소식에 그가 대단히 흡족해했다고 한다. 나를 걱정하며 내게 안부를 전하라고 했다지.

“이렇게는 안되겠는데요.” 젊은 의사가 말한다. 그동안 사람들은 여자의 맥박을 스크린으로 전송해주는 기구에 여자를 연결해놓았다. 어떤 마른 여의사가 기구를 다루고 있었는데, 그 의사가 방에 들어오는 것을 여자가 못 봤나보다. 꽉 끼는 모자처럼 자른 여의사의 머리칼이 희끗희끗했다. “맥박이 너무 빠른데.” 나무라듯 여의사가 젊은 의사를 향해 말한다. 뺨과 턱에 온통 수염을 두른 젊은 의사는 이 모든 게 못마땅했던지, 방어라도 하듯 그가 한 조치들을 나열한다. 여자는 그를 변호해주고픈 마음이 간절하다. 이제 말할 기회를 잡은 여의사는 어떤 약의 이름을 댄다. 여자에게 아는 약이냐고 묻는다. 여자는 모른다고 한다. “신약이에요.” 여의사가 말한다. “아주 조심해서 주사할 겁니다. 모니터로 보면서 말이에요. 근데 땀에 흠뻑 젖으셨네요.” 여의사와 분홍색 짧은 가운을 입은 금발 간호사 사이에 짧게 몇마디가 오간다. “아냐, 여기 응급실에서 옷을 갈아입을 수는 없어요. 금방 병실에 가거든 하지, 뭐.”

저 외래진료소의 의사가 펄프로 내 얼굴을 닦아낸 건 생각나지만, 의사의 생김새는 기억나지 않는다. 내 기억에서 얼굴들은 잘 지워진다. 당신은 이해하지 못할, 어떤 결핍이 나한테 있는 거다. 하지만 로타어가 돌연 자신의 가식적인 태도를 내려놓고 갑자기 옛날에 친구들에게 짓던 표정을 보였다는 건 생각난다. 놀라고, 당황하고, 어색해하는 표정. 바로 남편이 아내의 병 상태를 듣고는 짓는 그런 표정. 난 웃지 않을 수 없었다. 그에게 미소 지었고, 그게 로타어의 마음을 가볍게 해준 것 같았다.

"누르는 거 잘 못해요?" 마른 여의사가 묻자, 이런 상처쯤이야 기본적인 질병인데 뭘 그러느냐는 듯 젊은 의사가 환자의 배에 난 상처를 마주 잡는다. 자신의 패배를 인정하고 싶지 않은 여의사는 엄지손가락으로 목의 동맥을 힘껏 누른다. 하지만 그런다고 혈압이 떨어지지는 않는다. "얼음물 가져올까요?" "물을 마시면 안돼요." "아, 그렇죠." 이제 여자는 마른 여의사의 선의마저 놓친 꼴이 되고 말았다.

내 몸이 몰래 빠져나간다. 비유하자면 그렇다. 모든 지나가는 것들은 한갓 비유일 뿐.[1] 어떤 시행詩行은 정말이지 끝까지 이해가 가지 않았었다. 그것들의 의미는 구멍이 숭숭 난 것처럼 보이지만 완전히 꽉 막힌 어둠속에서 그녀에게 숨겨져 있었다. 오늘, 지금 이 희미한 순간 그 의미가 갑자기 밝혀질 때까지는 그랬다. 하지만 마침내 백년이 지나고, 가시덤불이 하나하나 스러지면 테세우스는 아리아드네의 실을 손에 꼭 쥐고 분명 미로를 빠져나갈 길을 찾게 될 것이고, 그토록 오랜 세월 밝히려 애쓰던 비밀이 밝혀질 것이다. 당신이 믿을지 모르겠지만, 난 아직도 그 당시 저 외래진료소에서 내 머릿속을 휘젓고 간 생각들을 다 기억하고 있다. 난 겨우 삼십대 중반이었다. 젊은 시절이었다. 너무나 젊었다. 시간이 팽창하는 듯했다. 내 심장은 미친 듯이 날뛰었다. 지금처럼. "공포감이 들어요?" "네." "죽음의 공포인가요?" "아니요." "전형적이지는 않

군요.”

그때 마른 그 여의사는 누군가를 문밖으로 쫓아내려 하지만, 그 사람은 결국 밀고 들어온다. 당신이네. 대체 그렇게 오랫동안 어디 갔던 거야? 당신이랑 눈을 맞추고 인사를 해보려 하지만, 당신이 눈으로 하는 나의 언어를 금방 이해하게 될지는 물론 모르겠다. 당신이 의사들과 이야기를 나누고 있다. 사람이 너무 기운이 없으면 기뻐할 수조차 없다는 걸, 자기밖에는, 그 누구도 그걸 알 수 있는 사람은 없다는 걸 여자는 기억하게 될 거다. 여자의 침상가에 앉은 여의사는 이제 오른팔 혈관을 확인하고는 그녀더러 주먹을 쥐어보라 한다. “더 세게요!” 여자가 알아챌 새도 없이 여의사는 주삿바늘을 혈관에 꽂고 순식간에 주사의 피스톤을 밀어넣기 시작한다. 여의사가 잠시 멈추고, 스크린에 녹색 선들로 지그재그 그려지는 여자의 맥박을 주시한다. 여의사는 침상 다른 쪽에 서 있는 젊은 의사와 눈짓으로 뭔가를 이야기한다. 두사람은 거의 알아챌 수 없을 정도이지만 머리를 가로젓는다. 심장이 발작한다. 당신, 아직도 거기 있어?

완전히 멈춰버리든지, 미쳐날뛰든지 선택의 기로에 선 내 심장이 결국 미쳐날뛰기로 한 건 아닐까? 나를 위해서 그렇게 한 걸까? 여자가 그런 물음을 생각해낸 건 아닐 테지만, 절로 그런 의문이 생겨난다. 한시도 머물고 싶지 않은 이 삭막한 방하며, 줄과 관으로 여자와 연결돼 있는 이 기구들, 안정을 찾지 못하는 맥박, 여의사가 결연하게 주사기의 마지막 한방울을 여자의 혈관 속으로 눌러넣고 난 뒤에도 진정되지 않는 맥박, 그녀를 둘러싼 이 모든 것들이 그녀가 말로 빚어낼 수 없는 물음을 만들어낸다. "가. 가라잖아." 내가 당신에게 말한다. "당신이 거기 있으니 내가 힘들어. 제발 가." 여자는 자신과 다름없는 가장 가까운 사람이 같은 공간에 있는 게 너무나 힘겨운 일일 수 있다는 걸 기억하리라.

그 당시 내 혈관이 진정되는 데 얼마나 걸렸을까? 두시간 이상이었던 것 같다. 로타어가 내게 몇번이고 다짐한 바에 의하면, 우리 영화는 오래전에 상영됐고, 성공적이었고, 인간적으로 생각해봐도 검열을 받는 데 더이상 어려움은 없을 거라고 했다. 그는 의사에게 내가 '수송 가능한' 상태가 되면 자기에게 전화하라고 해놓았다. 나를 위해 관용차를 준비해놓았다니, 버스 계단을 기어오르지 않아도 된 나는 기꺼운 마음이었다. 난 기진맥진했다. 하지만 불쾌할 정도는 아니었다. 내 심장이 마라톤을 완주한 것이나 진배없으니 놀랄 일도 아니라는 말을 들었다. 난 집에 혼자 틀어박혀 오랫동안 깊은 잠을 잤다. 이튿날 아침 맨 처음 전화한 사람은 우르반이었고, 난 신경 써준 데 진정으로 고마운 마음을 전했다. 하지만 고백하건대, 진정성은 곧 사그라들었다, 나나 우르반이나. 상대방이 진정으로 대하지 않으면 약간은 꾸민 태도를 보일 자격이 있잖은가. 당신, 그거 알고 있어? 오랫동안 우리는 우르반의 진정성을 여전히 믿고 있는 척 가장했잖아. 곧 영화를 사이에 둔 힘겨루기가 시작됐다. 로타어는 우리 영화에 대해 축하를 한 적도 없었지만, 그렇다고 금방 영화를 포기하지도 않았다. 그가 방패막이 역할을 했다는 건 참작

할 만한 일이었다. 하지만 그러다 공격이 그 자신에게로도 향하자, 그는 조심스레 영화와 거리를 두기 시작했다. 그렇다고 우리와 멀어졌다는 말은 아니다. 최악의 비방은 우리에게 전해주지 않았다. 그는 가능한 한 침묵했다. 우르반이 그에게 압력을 가했다는 것도 그를 통해 알게 된 사실이 아니었다. 주관적인 진정성을 담은 우리의 의도에 의구심을 갖지는 않지만, 지금 상황에서 이 영화의 객관적인 영향은 양분된다고 우르반이 말했었다. 로타어는 이 견해를 자신의 것으로 우리에게 말했던 거다. 그는 우리를 꿰뚫고 있었다. 이 모든 게 아주 오래전 일이다. 이십오년 전, 사반세기 전 일이다. 모든 게 상상조차 할 수 없는 일이 되어버렸다. 우르반을 상실한 건 그 옛날 일이 아니었던가? 사람이 완전히 변해가고, 또 한때 젊던, 말하자면 순수하던 사람들을 상실하게 되는 일이 우리 삶에서 얼마나 자주 일어나는지.

밤이다. 밤 비슷한 것이라고 할까. 단지 더 깊고 더 어둡고, 더 고독하다. 훗날 여자가 기억하는 건 밤으로 충만한 이 밤이 아니라, 그것에 대한 기억일 것이다. 어떻게 한 건지는 모르겠지만, 그들이 여자의 맥박을 정상수치로 만들어놓은 게 분명하다. 여자를 병원으로 옮기고 침대에 누이는 일도 해냈다. 여자는 이제 어떤 방에 누워 있다. 방에 하나 나 있는 창에서는 희미한 빛 같은 것, 곧 빛에 대한 예감이 들어온다. 여자의 셔츠는 여전히 젖어 있고, 침대보도 마찬가지다. 여자가 깨어 있는 동안, 귀청을 찢는 굉음이 울린다. 마치 난폭한 힘으로 맞부딪히고 으깨버리는 듯한 강철 소리, 창, 검

소리, 난생처음 들어보는 쨍강거리는 소리가 들린다. 여자는 기이한 형태로 비틀려 몸들이 서로 엉킨 광경을 지켜본다. 이건 정말이지 장난이 아니다. 실제 상황인 것이다. 난 끝났어, 하고 전에 생각한 적이 있었다면, 그때는 그 말이 무슨 의미인지도 모르고 한 소리였다. 골수와 뼈를 관통하는 끔찍한 소리들, 날카로운 외침, 째지는 소리, 귀청을 찢는 소리, 탄식하는 소리, 쿵쾅대며 망치질하는 소리, 고통의 한계를 넘어선 쉬쉬거리는 소리들. 그런 소리가 존재할 수 있다는 것조차 난 예감하지 못했다. 누군들 예감했겠는가. 그리고 그런 소리들이 고문기구로 사용될 수 있다는 사실도. 지금 상황이 바로 그렇다. 어디서 들어오는지 모를 이 병든 청록색 불빛 아래에서, 이 지옥 같은 굉음 속에서 고통과 고문기구의 역사가 나를 고통스럽게 한다. 헤롯 왕의 병사들이 어린아이들을 창끝에 꿰고 있다. 초기 기독교도들이 경기장에서 맹수와 대치하고, 맹수는 소름 돋는 울부짖음을 토해내며 이들을 갈가리 찢어놓는다. 정복자와 십자군의 전사, 농민전쟁 후의 제후들은 또 얼마나 많은 만행을 저질렀던가. 유린당한 채 국경 요새 하수구에 떠내려가는 여인. 그러고 나서야 나의 세기가 시작되었다. 가능한 모든 방식을 동원한 고문들. 몸들의 순교와 몰락. 나의 몸도 그 대열 가운데 있다. 몇 분인지 몇초인지 모르지만, 은혜롭게도 의식을 잃는 순간이 있다.

"통증이 있으세요?" 여자가 아예 대답하지 못했거나 잘못 대답한 모양이다. 간호사가 다시 가버렸다.

모든 것은 그 댓가를 치르기 마련인 법, 진부하기 짝이 없는 명제 중 하나인 이 말을 여자도 알고 있다. 자기 몸으로 이것을 체득하기까지, 이 명제는 모든 진부한 명제들이 그렇듯 진부할 따름이다. 이 오싹한 굉음들은, 이 침대에서 뭔가를 끝내고, 그후에—만약 그후가 있다면—뭔가 다른 것을 시작하기 위해 치러야 할 댓가이다. 무슨 까닭인지 내게 각인되어야 할 이 몸의 고통 역시도. 여인들을 기둥에 묶어 시장 바닥에 세워두기. 허리를 펴는 고문용 침대, 손가락용 고문기구, 달구어진 집게, 물고문 기구. 거열형 능지처참, 바퀴로 하는 고문, 목매달기, 익사시키기, 질식사시키기. 강간하기. 어릴 적부터 이런 끔찍한 형벌 장면을 힐끗 보기만 했다고, 그런 것이 시작되면 영화관에서는 아예 눈을 감아버리고 텔레비전에서 볼 때는 방을 나가버렸다고, 이제 여자가 복수를 당한다. 여자가 예전 유대인수용소에 딱 한번만 가본 데 대한 복수. 몇번이고 여자는 흐릿한 조명 아래 시멘트로 만들어진 똑같은 통로를 지나가야 한다. 통로는 여자가 안다고 생각하지만 결국 모르는 곳이다. 출구에 다다를 때면, 여자는 통로로 떠밀려돌아간다. 육중한 철문 뒤로 가면 당신을 만나게 될 거라는 나의 예감은 매번 질식사하고 만다. 무슨 뜻인가 하면, 내가 이 지하 미로에서 빠져나갈 출구, 그곳에 당신이 있었으면 하고 바란다는 거다. 굉음은 사슬들, 수많은 죄수들을 묶은 사슬들의 출렁거림으로 바뀐다.

언젠가는, 늘 그렇듯 아침이 될 것이다. 평범한 체구의 의사가 나타난다. 따라온 간호사가—약간 뚱뚱한 간호사로 다시 바뀌었다—말할 때 의사를 주임 선생님이라 부른다. 의사는 여자가 어

떤지 궁금해한다. 정말로 궁금하긴 한 걸까? 의사는 여자가 모르
는 사람이다. 어차피 대답할 수도 없었을 테지만, 이름도 못 알아들
었다. 여자의 입이 바짝 타들어가 어떤 소리도 낼 수 없다는 게 눈
에 들어온 모양이다. 의사가 펄프로 여자의 입술과 입속을 적셔준
다. 그제야 여자가 말할 수 있게 된다. "왜 이렇게 제 몸이 안 좋은
거죠?"

뜻밖에 주임의사는 질문을 진지하게 받아들인다. 놀라워하는 것
같지도 않고, 귀찮아하지도 않는다. "주요 영양소가 결핍됐기 때문
이에요. 예를 들어 칼륨 같은 거요." 의사가 말한다. "환자분의 혈
액은 칼륨을 만들어내지 못하는 상태입니다. 마그네슘이 부족하
지요. 칼슘, 철, 인, 아연, 온갖 미네랄도요. 시간을 가지고 환자분을
'재건'해내야 해요."

이 정보는 여자의 오래된 궁금증을 해소해주었다. 몸속에서 대
체 누가 칼륨과 다른 '영양소'를 먹어치우는지 여자는 문득 궁금해
진다. 킬러세포라는 말이 머릿속에 떠올랐지만 꼭 알고 싶은 건 아
니다. 여자가 정말로 알고 싶어졌을 때는, 간호사가 주임 선생님이
라고 부르는 그 남자 편에서 더이상 여자와 얘기하고 싶어하지 않
는 것 같다. 그는 비닐 장갑을 끼기 시작한다. 두짝이 찢어지고, 세
번째는 끼려야 손에 맞는 게 없다. 평정심을 잃지 않고 그가 말한
다. "마르고트 간호사, 장갑 몇개 좀 가져다줄래요?" 세번째 장갑
이 찢어지지 않고 버티자 그는 여자의 배에 난 상처에서 거즈를 떼
어내 상처를 소독하고, 간호사의 도움을 받아 상처를 다시 덮는다.

그가 체온을 묻는다. 의중을 알 수 없는 간호사가 종이를 건넨다. 의사가 사무적으로 말한다. "좀 기다려보죠. 금방 돌아올게요."

그 말은 여자에게 버틸 힘을 준다. 젊고 활기찬 간호사 둘이 여자를 씻기느라 애를 먹는다. 그러면서 이 도시의 불편한 교통에 대해 수다를 떤다. 이 세상 어딘가에, 어쩌면 아주 가까운 곳에도 여전히 전차가 다니겠지만, 거기도 배차 간격은 길 거란다. 두 간호사 중 한사람, 키 작은 금발의 간호사는 아침 근무에 매번 지각하는 바람에 수간호사에게 한 소리 듣지만 그렇다고 멍청한 전차 때문에 특별히 삼십분 일찍 일어나라고 감히 말할 수는 없는 노릇이다.

그럭저럭하는 동안 내 배에서 나온 호스 몇개가 침대 오른쪽에 있는 용기들에 연결돼 있다. 언젠가 이런 꼴로 누워 있는 친구를 보고 난 얼마나 놀랐는지 모른다. 하지만 지금은 그리 놀라지 않는다. 자기 일에 많이 놀란다는 게 말이 되지 않으니까. 물론 칼륨이 충분한지 아닌지에 따라 사정은 달라질 수 있다. 다시 나를 지나가는 죄수들의 이 행렬도 칼륨이 충분하다면 생존하려는 의지를 가질 수 있을 테니. 미네랄이 깡그리 부족하면 그들은 자신을 포기할 것이다. 수용소 수감자들. "칼륨이 없으면……" 주임의사가 또 한번 입을 적셔주면—그렇게 하라는 지시에도 불구하고 젊은 간호사들은 까먹었다—이제 이렇게 말해줄 거다. 칼륨이 없으면 마치 두갈래 나뭇가지에 목이 꺾인 채 으깨질 듯 짓눌린 두꺼비 같은 느낌이 들어요라고.

이 이미지는 상황에 딱 들어맞는 표현이다. 옛날에는 딱 맞는 이

미지가 여자를 만족시켰겠지만 지금은 아무래도 상관없다. 다시 소음이 시작되었다. 황량한 풍경 속으로 끌려가는 행렬은 철렁철렁 사슬 소리를 낸다. 누구나 자기에게 가장 민감한 감각, 예컨대 청각 같은 것으로 벌을 받을 수 있는 게 분명하다. 당신에게도 얘기한 적 있지만, 육체적 고통에 대한 두려움이 어릴 적부터 나를 용기나 고통을 시험하는 길로 유혹했고 나에게 용감하다는 명성을 안겨주었다.

특수한 열쇠가, 예컨대 고열과 같은 특수 열쇠가 열어주지 않는다면 우리의 내면세계가 얼마나 넓게 팽창되어 있는지 어떻게 알겠는가. 여자는 이 낮고 어둑어둑하고 통풍이 잘 되지 않는 통로를 우선은 지나가야 한다. 지나치는 통로마다 아는 곳 같지만, 실제로는 통로를 식별하기 위해 별다른 노력을 기울이진 않는다. 하지만 검회색 전투복을 입은 이 형상들은 여자가 이미 분명 본 적 있었는데, 그들은 이제 여자에게 말없이, 결코 고압적이지는 않지만 당연하다는 듯한 몸짓으로 서류를 요구한다. 그 태도는 여자를 패닉 상태로 몰아간다. 그러니까 여기서는 사람들이 추방되고 있다. 그런데 '여기서'라고 하는 건 무슨 말일까. 여자는 가방에서 종이 하나를 찾아낸다. 마분지로 된 카드 같은 것인데, 한눈에 봐도 허접해 보였지만, 간수인지, 보초병인지, 검열관인지, 두명이 '통과'라는 손짓을 한다. 여기 아래 세계에서 쉬지 않고 흘러나오는 이 지옥의 소음 탓에 달리 의사를 전달할 방법도 없지 않은가.

여자가 지하세계에 있다는 건 의심의 여지가 없다. 철문이 아주 가볍게, 레일과 돌쩌귀에서 미끄러지며 소리 없이 열린다. 이 굉음 속에서 '소리 없이'라는 말이 어떤 의미를 가진다면 말이다. 여자는 서로 이어져 있고 서로 둘러싸고 있는 너른 방을 여럿 아주 가볍게 거닐거나 혹은 미끄러져 들어간다. 사람들이 왜 그림자 왕국에 대해 말하는지, 저승을 왜 그림자 왕국이라 하는지, 사람들이 방금 죽은 자들을 왜 그림자라 칭하는지도 여자는 이제 이해가 간다. 다만 사람들은 죽은 자를 애도하는 일을 그만둬야 한다. 죽은 자는 보고 듣지만 아무것도 느끼지 못한다. 어쨌든 죽은 자와 어울려 지내기 위해 보내진 월경자越境者는 아무것도 느끼지 못한다. 난 그걸 증언할 수 있다.

당신도 알 거다. 언젠가 우리가 이런 통로에서 마주친 적이 있다는 걸. 우르반과 나 말이다. 저 너머 지하세계와 꼭 같지는 않지만 비슷하게 생긴 지상의 그림자 왕국에서 만났었다. 경계를 넘는 이 지상의 통로에는 수영장처럼 타일을 붙여놓았다. 아니면 살육의 집처럼. 국경검문소로 위장하고서 말이다. '붙임 역' 프리드리히슈트라세.² 우르반은 나랑 같은 전철을 타고 왔었다. 동물원 역에서 프리드리히슈트라세 역으로. 한줄기 인간 물결이 그를 계단 아래로 그리고 이 지하 통로로 쓸어왔다. 마침내 그 물결은 저곳에 다다라 갈라졌다. 그 나라로, 우리가 그곳 시민이고 그 경계가 여기서 시작되는 그 나라로 들어가려는 여행객과 보통의 여행허가를 받아

---

2 베를린 중심부에 위치한 기차역. 분단 시기에 동독 측 국경검문소가 설치되어 있어서 동서 베를린을 오가는 사람들은 이 역에서 입국심사를 받았음.

이 나라로 돌아오는 그런 사람들로 우선 나뉘었다. 돌아오는 사람들 중에는 나이 든 사람들이 많았다. 마지막으로는 해외출장을 다녀온 사람들이나 외교관의 작은 물결, 우르반과 나, 우리는 그 무리에 속했다. 우리는 곧장 앞으로 나아가야 하거나 가도 되는 그런 상황이었다. 그제야 난 바로 내 앞에 있던 그를 알아봤다. 뒤로 물러서기에는 이미 때가 늦었다. 그의 뻣뻣한 등을 보고 난 그도 나를 봤다는 걸 눈치챘다. 그리하여 우리는 여권검사소 앞에서 말 그대로 맞닥뜨렸고, 하필이면 여기서—그렇게 긴 세월이 흐른 후에 말이다! 우린 만나자마자 햇수를 세봤다— 만나게 된 우연에 대해 기쁜 마음으로 놀라는 척했다. 그런 곳에서 마주치는 건 그리 반가운 일이 아니다. 사람들은 이쪽 세상에서 저쪽 세상으로 잠시 방향을 바꾸는 데 필요한 서류를 다른 사람이 들여다보는 걸 별로 좋아하지 않는다. 서로 어쩔 수 없는 상황이 되면, '저 너머'에서 무슨 급한 비즈니스나 용무, 일을 처리해야 했었는지 서둘러 얘기를 나눈다. 그러면서 아이러니한 미소를 지으며 곁눈질로는 심사 과정을 관찰한다. 제복을 입은 남자들 중 한명이 국경을 넘는 사람에게서 '여행 서류'를 받아 여권 사진과 비교한 후 심사 부스로 난 창구를 통해 여행 서류를 밀어넣는다. 심사 부스 속에는 제복을 입은 다른 남자가 못 들여다보게 세심하게 신경 쓰면서 앉아, 밖에 기다리는 사람들이 알 리 없는 어떤 규정에 따라 서류들을 심사한다. 심사 부스에서 서류가 얼마나 지체하느냐에 따라 사람들은 자신이 문제가 있음을, 혹은 오래 기다려야 할 경우, 관할 부서에서 자신이 의심을 사고 있음을 짐작할 수 있다.

　내 친구 우르반은 제1범주에 속했다. 그는 막 자기 아이러니를 적절히 섞어가며 도시 다른 편에서 있었던 행사에 대해 이야기하던 참이었다. 거기서 그는, 정식으로 초대를 받아—이 점을 특히 강조했는데—최근 우리 나라의 문화적 동태에 대해 연설을 했다는 거였다. 그때 우리는 벌써 작은 불투명 창 너머에서 도장 찍는 소리를 들었고, 창 아래 창구에서 그의 서류가 나왔고, 제복을 입은 첫번째 남자가 그것을 받아 여권 사진과 그의 모습을 한번 비교하더니 우르반에게 내밀었다. 짐짓 으쓱하며 우르반이 그것을 받아들었다. "이 컴퓨터라는 게 별로 믿을 만한 게 못되는데 말이야." 그러고 나서는 역시나 시간 허비 없이 세관 검사를 통과한 후 동료애를 발휘하여 상당히 오랫동안 그녀를 기다려주었다. "왜, 컴퓨터가 믿을 만한데그래." 마침내 여자가, 그처럼 세관 검사를 받지 않고, 그에게 왔을 때 말했다. 컴퓨터에는 제복을 입은 검문소 사람들에게 국경을 넘을 때 여자를 붙잡아두라고, 심지어 높은 곳에다 여자의 통행증이 문제가 없는지 전화로 확인하라고 지시한 내용이 저장되어 있었던 게 분명했다. 그가 뭔가 비딱하게 미소를 지었다. 물론 그는 컴퓨터가 그녀를 그처럼 그렇게 매끄럽게 통과시키지 않은 데 대해 묘한 질투심을 느꼈다. 다른 한편으로는 그 자신이 그녀처럼 그렇게 오랫동안 자기 서류를 기다려야 했다면 불안했을 테지만. 반대되는 세계로의 입장과 퇴장으로 세워진, 이 세상 하나뿐인 건물의 출입구로 나오자마자 그들의 길은 갈라졌다. 그녀의 옛 친구 우르반은 프리드리히슈트라세 전철역 앞에 있는 택시 정류장으로 갔고, 여자는 왼쪽으로 꺾어 바이덴담 다리로 갔다. 그 다리를 건널 때면 난 난간에 있는, 주철로 된 프로이센 독수리를 향해 조롱 조로 웃으며 인사를 건네거나, 할 수 있다면 심지어 건드려보곤 한다.

우르반이 지금 어떤 직책에 있는지 난 묻지 않았다. 그는 내가 당연히 자기가 걸어간 길을 추적했으리라고 전제하는 것처럼 보였다. 처음에는 우리 모두가 납득할 만하고 저의를 간파할 수 있는 일로 시작해서 한 단계, 한 단계 앞으로 나아간 건 자연스러운 일이었다. 그러다 언젠가부터 보이지 않는 곳으로 나아갔고, 무대 뒤에서 성공가도를 달리는 것 같았다. 난 뒤돌아보지 않았지만, 그가 나를 보고 있다는 걸 등에서 느꼈다.

사람이 오래 살면, 뒤바뀐 방식으로라도, 상황이 반복되곤 한다. 언젠가 수년 전에 내가 그렇게 그의 뒷모습을 지켜본 적이 있었다. 무슨 회의를 마치고 나서였는데, 그는 바쁘다는 핑계로, 그녀에게 인사도 없이, 계단 아래로 사라졌다. 무슨 일로 그랬는지 잊었지만, 그가 어떤 사건으로 인해 그녀 앞에서 난처해했고 어쨌든 그녀를 피하려 했다는 것만큼은 생각난다. 그렇다, 그때 여자는 한참 동안 그의 뒷모습을 지켜보았고, 그러면서 씁쓸한 기분이 들었다.

여자가 지금 어떻게 느끼느냐고? 기운이 없어 갱 바닥에서 빠져나올 수 없다고 여자는 주임의사에게 같은 말을 되풀이해야 할지 모른다. 하지만 그녀는 "그저 그래요"라고 말한다. 의사는 여자가 하는 말보다 자신이 진료한 결과를 더 신뢰하는 것 같다. 의사는 그녀를 만져보고 맥박을 짚어보고, 눈꺼풀을 뒤집어보고, 또 가장 최근에 잰 체온을 묻는다. 그러자 수간호사 크리스티네가 하루에 두번만 쟀다고 대답했는지, 주임의사는 이 환자는 세시간마다 체온을 재야 한다고 지시한다. "그렇게 좀 해줘요" 하고 주임의사가 수간호사에게 말한다. 수간호사의 아름다운 금발이 그녀 얼굴에 물결친다. 수간호사는 뭐라 하지 않고 지시를 메모한다. 하지만 입가에서 뭔가 석연찮음을 감추지는 못한다. "수간호사, 왜 그러는 거요?" 주임의사가 말한다. 의사는 병동에 간호사가 부족하다는 말을 듣는다. 여자는 말을 할 수는 없지만 사실 듣는 데는 전혀 지장이 없다. 간호사가 부족해서 환자를 보살피는 데 어떤 어려움이 있는지 전혀 알고 싶지 않은 여자는 간호사더러 나중에 이 문제에 대해 따로 이야기하자는 의사에게 고마운 마음마저 든다. 의사는 환자에게 '한모금씩' 차 같은 걸 마실 수 있다는 획기적인 새 처방을 내린다. 여자의 눈앞에 다시금 엄청나게 큰 맥주잔 환영이 나타난다. 하얀 거품이 유혹하듯 잔에서 넘쳐흐른다. 이 환영을 떨쳐버릴 재간이 없다. 여자는 차를 기다리며, 저기 웃으면서 수다 떨고 침상을 밀며 복도를 지나가는 간호사들 중 누군가, 하염없이 차를 기다리는 이 매 순간이 여자에게 어떤 의미를 지니는지 상상이나 할는지 생각해본다. 드디어 두 젊은 간호사 중 한명, 왼뺨에 기미가 낀 예쁘장한 흑인 간호사가 찻잔을 가져와, 냉큼 침대 옆 작은 탁자 위에 올려놓더니 다시 사라진다. 목마른 여인의 오른팔이 작은 탁자에 닿는지, 이 찻잔으로 마실 수 있게 머리를 들 수나 있는지 신경도 쓰지 않는 모양이다. 그때 천만다행으로, 짧은 머리에 하얀 가운을 걸친 한 젊은 남자가 와서는 여자가 애쓰는 모습을 지켜본다. "아하!" 하더니 그가 밖으로 나가 곧 귀때 달린 잔을 가지고 돌아온다. 차를 옮겨 붓고는 여자의 머리를 받치고 잔을 잡아준다. "이렇게 하면 더 수월하지요, 그렇죠?" 여자가 마신다. 세상에는 '마신다'라는 말만 있는 것이 아니라, 실제 마신다는 게 있구나. "고마워요." 그녀가 말한다. "에벨린은 아직 학생이에요." 그가 말한다. "견습 2학년째예요. 아직 모르는 게 많을 때지요." 그 자신은 위르겐이고 3학년이며 곧 시험을 앞두고 있단다. 여자가 세모금 이상 삼키지 못하자 그가 여자를 위로한다. "위가 이렇게나 빨리 쪼그라들다니, 참." 그가 간다.

밀물이 다시 높아진다. 밀물의 이름은 소진이다. 의식은 물러나 바닥으로 가라앉는다. 침몰한다. 이번에는 귀를 찢어대는 비행기 소음이 난다. 저공 비행기들이 우리 머리 위로 바짝 쉴 새 없이 날아대는 소리. 가지각색 인간 희생자들이 내 눈앞에 펼쳐지는 것이 어떤 비밀스러운 의미를 갖는 게 분명하다. 아니면 이 모든 세월, 자기기만의 세기가 흐른 뒤, 마침내 모든 일들이 무의미하다는 서늘한 사실을 내가 확신하는 것이야말로 의미있는 일이 아닐까? 역사로 서술됨으로써 모든 것이, 그 각각이 의미를 지닌다고, 그 유의미함을 증명한다고, 우리는 교육받아왔는데 말이다. 내 내면의 무대에서 연출자가 사라지자마자, 내가 보지 않으면 안되는 이 모습들이 어디에서 생겨난 건지 난 예감하기 시작한다.

갑자기 당신이 다시 나타난 걸 보고 난,—대체 지금 몇시쯤 되었을까, 오후라고? 이상하네—푸른색 작은 괴테 시집을 좀 가져다달라고 부탁한다. 그것도 내일 당장. 하지만 당신은 다른 생각을 하고 있는 것 같다. 내 뒤에서 주임의사와 얘기를 했던 거다. 의사는 내 열이 약간 걱정스럽다고 했다. 아마도 이 열이 농양 때문인 것 같으니 재수술을 해서 이걸 제거해야 하지 않을까 한다는 거다.

"마실 것 좀 줘." 이번에는 여자가 네모금이나 마신다. 우스꽝스럽게도 여자에게는 순 괴테 시만 떠오른다. "어떤 시를 읽고 싶은 건데." 당신이 말한다. "음, 특히 이거. '미래가 고통과 행복을 /덮어주나니 /광경에 놀라지 않고서 /한걸음 한걸음 /헤치고 나아간다.' 여기서 더는 기억이 안 나. '왕관', 뭐 이런 말이 나온 것 같은데. 그 책이 필요해."

당신이 기억하는지 모르겠지만, 이 시를 찾지 못하자 내가 한번은 콘라트에게 전화를 했었다. 우리 친구들 중 그는 전에 읽은 시를 죄다 기억하는 사람이었으니까. 그리고 시를 아주 많이 읽는 친구였다. 프리메이슨 시들 가운데 이 시를 찾지 못하고 있었는데, 콘라트는 듣자마자 금방 알고는 외웠다. 또 프리메이슨과 괴테의 관계를 나한테 설명해주었다. 예나에서 우리가 처음으로 괴테에 관한 세미나를 들었을 때, 그는 모범생이었다. '괴테 시대의 사회와 문화'라는 제목으로 바이마르 성에서 열리는 전시회를 같이 준비하기도 했다. 가끔 저녁에 '니체의 집'에 있는 작은 방으로 나를 데려다줄 때면, 온통 괴테 얘기뿐이었다. 사회의 특정한 상황이 어떤 방식으로 한 천재를 구속하는지, 이 구속에서 적어도 잠시나마 조금이라도 벗어나기 위해 천재가 어떤 방법들을 발전시켰는지 연구하는 것이야말로 가장 흥미로운 일이라고 했다.

뇌가 어떻게 기능하는지 우습다. 왜 지금 콘라트가 떠오른 걸까. "반듯한 사람이었어. 자기 신념에 반하는 일은 할 줄 몰랐지." 내가 말한다. "자기 신념에 맞지 않는 말은 할 줄도 모르는 사람이었고. 그 사람이라면 지금까지도 친구로 남았을 텐데 말이야. 당신 그렇게 생각하지 않아? 너무 일찍 죽었어." "응, 하지만 지금 그게 걱정스러운 게 아니잖아." 딴 데 정신이 팔린 당신이 말한다. 당신은 검은색 작은 라디오를 가져와 소리가 나는지 틀어본다. 뉴스를 전하는 남자 아나운서 목소리가 들린다. 또 비행기가 추락했습니다. 사망자 수는…… "세상에나! 그것 좀 꺼." "응, 근데 왜?" "별거 아니야. 그냥 나쁜 뉴스를 듣고 있자니 견딜 수가 없어." "알았어, 알았다고." 당신이 말한다.

"그만 가봐." "눈 좀 붙여, 내 걱정일랑 접어두고." "그럴게." 그때 다시 굉음이 시작된다. 가요. 당신이 삼십분 이상 있는 걸 내가 못 견뎌했다는 사실을 훗날 난 이상하게 여길지도 모른다. 지금은 이상하다는 생각을 할 기운마저 없다. 나쁜 소식에 대한 암시마저 감당하기 힘들다. 쇠약함에도 어떤 등급이 있음을 난 기억하게 될 거다. 어떤 단계에서는, 가까운 사람들은 차치하고 아주 멀리 떨어진 사람들 일도 눈곱만치의 걱정과 동정도 할 수 없게 된다는 걸.

당황해서 일어난 일이긴 했지만, 헬레네가 기침을 한다는 말을 당신은 하지 말았어야 했다. 나쁜 얘기는 제발 좀 그만하라고 하자, 도시 무슨 이야기를 해야 할지 모르는 당신을 보고 난 당신이 당황하고 있음을 알아챘다. 여섯살짜리 아이가 기침을 한다는 게 그렇게 나쁜 얘기는 아닌데 말이다. 어린 헬레네가 계속 기침을 한다지만, 아주 나쁜 결과를 가져올 만성 천식에 쉽게 걸릴 수도 있다지만, 나로서는 어쩔 수 없는 일 아닌가. 나쁜 일들이 내 몸속에서 퍼져가는 동안 하늘을 나는 이 교통수단이 몇번이고 추락한다. 아직은 생존해 있지만, 다음 순간 분쇄되고, 압사되고, 불태워지고, 찢겨질 인간 화물을 싣고서 말이다. 사랑하는 사람이나 나의 지인이 곧 어쩔 수 없이 비행기를 타야만 하거나 혹은 별생각 없이 타게 될 일이 없길 바랄밖에. 설사 그런다 하더라도 그걸 알고 싶지는 않다. 마찬가지로 난 당신이 내일 몇시에 오는지 알고 싶지 않다. 그러면 난 당신이 언제 출발하고, 그리 붐비지는 않겠지만 어디든 위험이 도사리고 있는 도로에서 한시간 내내 차를 타고 오는 중이려니 계산하고 있을 게 뻔하다. 이제 깨달은 일이지만, 혹시 내가 암이라면 그걸 지금 알고 싶지 않은 마음과 비슷하다. 방금 수술을 받고 아주 쇠약해진 사람에게 암에 걸렸다고 말해서는 안된다는 걸 난 기억할 거다. 이전에 그 사람이 어떤 주장을 했건 말이다. 말하자면, 정직함이나 진실이 치명적인 영향을 미치는 그런 상황이 있다는 거다.

재수술하기로 의견 일치를 보았다는 말을 해주러, 방금 다시 찾아온 주임의사에게 기회가 되면 이걸 말해주고 싶다. 하지만 그전에, 오늘이라도 여자를 정밀검사하게 될 것이고, 당장 여러가지 검사를 하게 될 거라고 한다. 제거해야 할 진원지를 확실하게 결정짓기 위해서란다. 안전하고 아주 믿을 만한 방법이 최근 이 분야에 도입됐다고 말하는 동안 주임의사는 내내 여자의 손목을 잡고 살핀다. 여자는 처음으로 그가 몇살 정도 됐을까 궁금해진다. 그렇게 안달하는 정도는 아니지만 의사 나이에 관심을 갖기 시작한 건 확실히 좋은 신호이지 않은가. 내 증세를 보고하기 위해 열렸을 위원회에서 이 의사는 분명 결정적인 말을 해야 했을 것이다. 나 자신도 참여했던 모든 위원회에서 항상 결정적인 말을 하는 쪽은 남자였다. 여자가 그런 역할을 하는 경우는 극히 드물었다. 나 자신도 결정적인 말을 하지 않았다는, 다행히 그러지 않았다는 생각이 문득 든다. 하지만 우르반은, 내 친구이자 동지인 우르반은 나 역시 속했던 최소 세개의 위원회에서 결정적인 말을 했다. 첫번째 위원회에서는 서툴고 불안하게 말을 했고, 그러느라 다른 논리에 쉽게 말려들기도 했다. 난 그런 모습에 만족했다. 두번째 위원회에서는 그의 토론이 어느새 부쩍 숙련되어 있었다. 세번째 위원회에서는 결정권을 행사하는 데 더이상 거리낌이 없었다. 그는 반대되는 의견을 묵살하기 시작했고, 난 회의를 피하기 시작했다. 뽐낼 까닭이 없지 않은가. 이 모든 게 얼마나 까마득한 일인지. 얼마나 깊이 가라앉은 일인지.

그러는 동안 주임의사가 가고, 간호사 위르겐이 주전자를 들고 들어왔다. 주전자에 들어 있는 1리터짜리 액체를 여자는 컴퓨터단층촬영을 준비하기 위해 십오분 안에 다 마셔야 한다. "도저히 못하겠어요. 보셨잖아요, 다섯모금 이상은 들어가질 않아요." "마셔야 합니다." 위르겐이 완강하게 말한다. "조영제예요." 여자는 땀이 나기 시작한다. 몇모금을 마시고 나자 온몸이 흠뻑 젖는다. 하지만 그동안 이 병동의 빨래 상황이 가히 좋지 않음을 알게 됐던 터라 여자는 또다시 새 환자복을 달라고 할 마음이 일지 않는다. 여자는 이 구역질 나는 액체를 삼키는 데 온 정신을 집중하려 한다. 사람들이 여기서 내게 불가능한 것을 요구하고 있어. 간호사 위르겐도 모르지 않는 바다. 그는 귀때 달린 잔을 여자 입술에 대준다. 한모금 더, 한모금 더. 착해요, 착해. 유년기로의 퇴행. 그때나 지금이나 난 의무로부터 자유롭다. 아무도 내게 뭔가를 요구하지 않는다. 단지 협조적으로 행동하라고 요구할 뿐. 협조적이란 말은 수간호사가 쓴 말이다. "협조적이시잖아요, 그렇죠?" 그리고 실제로 난, 곤혹스럽게도, 그녀의 기대에 부응하기 위해 의무감 비슷한 걸 느꼈다. 하지만 이 주전자에 든 걸 다 마실 수는 없다. 마지막 잔을 여자는 물리친다. 위르겐은 잔에 담긴 내용물을 말없이 개수대에 쏟아버린다. 그가 말하길, 그는 아래 지하실로, 바로 지하세계로 그녀를 데리고 갈 시간이 없단다. 그는 교육과정을 다 마쳤고, 시험이 끝나면 한두해 더 간호사로 일하다가, 그런 다음 의학 공부를 할 수 있게 병원에서 파견해주기를 바라고 있다.

간호사 에벨린은 그런 야망이 없다. 주로 어떻게 하면 예뻐 보일까 애쓰는 모습이다. 새까만 머리카락을 땋아 정성스럽게 머리를 장식하고, 눈 화장과 입술 화장도 흠잡을 데 없다. "자, 꺼져볼까요?" 그녀가 말한다. 간호사는 장애물에 부딪히지 않고 침대를 온전하게 조종하는 법을 모른다. 기둥이란 기둥에는 다 부딪히고 구석마다, 휠체어마다 부딪힌다. 그럴 때마다 에벨린은 "어머!" 하면서 휘청대며 속도를 늦춘다. 환자가 인상을 쓰자, 에벨린은 "아프시죠, 그렇죠? 아프실 거예요!" 하고는 계속해서 속도를 낸다. 알고 보니, 에벨린은 방사선과에 가본 적이 없다. 이제 견습 2학년이고, 여기서 처음으로 실습을 하고 있다니 어련할까.

병원 외관을 본 적은 없지만, 분명 여러 건물이 연결된 복합 건물일 거라고 여자는 차츰 인식하게 된다. 건물들은 긴 콘크리트 복도로 연결되어 있는데, 이상하게도 어디선가 본 듯한 그 복도는 뭔가 불길함을 예고한다. 불안에 휩싸인 채 여자는 네온사인 화살표에 적힌 하얀색 알파벳을 해독한다. 화살표는 **병동 B1**을 가리키거나 **물리치료실**을 가리킨다. 한번은 **방사선과**를 가리킨 적도 있지만, 이 모두가 그들이 찾고 있는 데가 아니다. 일과 시간도 끝났는지 마주치는 사람도 없다. 간호사 에벨린은 제대로 도착이나 할는지 큰 소리로 중얼거리기 시작하고, 환자는 의식의 표면 아래 바짝 웅크리고 있는 패닉을 억누르려고 애쓴다. 그때 환영처럼 두 형상물이 그들 앞에 나타난다. 밝은색 블라우스에 하늘거리는 여름 치마를 입은 아가씨들이 삶의 즐거움으로 거의 팔짝팔짝 뛰면서, 서로 웃고 재잘대며 어둑한 복도 아래로 걸어가고 있다. 어떤 두려움도 이들을 어쩌지는 못할 기세다. 놀랍게도 아가씨들은 그들이 찾고 있는 과가 어디 있는지 알고 있고 싹싹하면서도 정확하게 길을 가르쳐준다. 당연히, 우리가 길을 조금 잘못 들었다는 거다. 간호사 에벨린이 침대를 밀며, 실제로 **방사선과**라고 적힌 화살표가 그려진 복도로 꺾어들어가자 눈물이 내 얼굴 위로 흘러내린다. 며칠 만에 처음 흘린 눈물이다. ─그런데 며칠이나 지난 걸까? 닷새? 엿새? ─며칠 전, 여자가 극구 싫다는데도 사람들이 시골 여의사에게 전화를 했고, 문 앞에서부터 의사는 진단을 내놓았다. "맹장염이네요!" 그리고 다시 그녀가 반대하는데도 당장 구급차를 불렀고, 차는 덜컹거리는 거리를 지나 여자를 이 너머 세계로 데려왔다. 이제 여자는 어떤 의미로든 상당히 아래로 내려와 있다. 그때 여자가 비명을 지른다. 깜빡거리는 괴물이 그녀 쪽으로 다가온 것이다. 사각형 로봇 모양의 볼품없는 탈것이 ─이렇게 말해도 될지 모르겠지만, 이마에다? ─빨간색 경광등을 달고는 급하게 깜빡거리며 여자의 침상을 향해 다가오고 있다. "조심해요!" 여자가 소리치자 간호사 에벨린이 덤덤하게 말한다. "아, 이것들이!" 곧이어 괴물들이 윙윙거리며 그들 곁을 바짝 지나간다. "저게 뭐였어요?" "컴퓨터로 조종하는 컨테이너예요. 음식과 침대보를 날라주지요. 웃기게 생기지 않았어요? 근데 아주 편리해요."

상급 괴물처럼 거대한 기계가 고요히 위협적으로 서 있는 방으로 마침내 밀려서 오자, 여자는 자신의 침대에서 딱딱한 침상으로 자리를 옮겨야 한다. 거들어줄 사람이 없으면 불가능한 일이 다시 벌어진 셈이다. 긴급 투입이란 말을 여자는 듣는다. 사람들이 바로 그녀를 기다렸던 거다. 여자는 '긴급'이란 말을 곱씹어본다. 한 젊은 의사가 여자에게 주전자를 들어 보인다. 당장 그걸 마셔야 한다는 거다. 그럴 수 없다고, 소스라치게 놀란 여자가 말한다. "마셔야 해요." 조영제로 꼭 필요한 액체라고. 여자는 잔에 입을 댄다. 지금까지 먹거나 마셔본 것 중 가장 역겨운 맛이 나는 무언가가 입안으로 흘러들어간다. 여자가 연이어 액체를 삼킨다. 입에서 잔을 채 떼기도 전에 방금 마신 것, 거기다 아까 마셔야 했던 것이 한꺼번에 다시 쏟아져나온다. 셔츠며, 침대보, 바닥이 더럽혀진다. 창피하기도 하지만 속이 편해진다. 두명의 간호사가 여자 몸을 닦아내고, 어디서 났는지 새 셔츠도 준다. "이제 모든 게 수포로 돌아갔네요" 하고 여자가 말하지만 그 젊은 의사는 포기하지 않는다. 이제 여자에게 조영제 주사를 놓겠다고 한다. 왜 처음부터 그렇게 하지 않은 걸까, 여자는 생각만 할 뿐 말하지는 않는다. 왜 이 마시는 고문, 물고문을 하는 건지. 그리고 스스로 얌전하게 대답해본다. 왜냐하면 주사는 제2의 선택이 될 수 있으니까.

이제 사람들은 약 기운이 돌기를 기다린다. 그러자 여자는 허겁지겁 생각의 나래를 펼쳐본다. 오븐에 들어간 빵처럼, 사람들이 저 좁다란 통에 나를 밀어넣어, 그 쩍 벌린 입 앞에 누워 있게 되었을 때 내 생각을 붙들어맬 그 어떤 대상을 찾아서 말이다. 아쉽게도 위로가 될 만한 일은 떠오르지 않는다. 아쉽게도 지금껏 내가 회피해오던 생각이 하필이면 여기서 나를 재촉한다. 이제 이 생각을, 우르반이 사라졌다는 이 생각을 떨쳐버릴 수는 없다. 지금, 하필이면 지금, 얼마 전에 전화로 우르반의 아내 레나테가 알려준 이 소식을 난 더이상 모른 체할 수 없게 된 것이다. 이전에는 가까운 사이였지만 우리가 우르반과의 교류를 피하고부터는 덩달아 멀어졌던 레나테. 레나테의 목소리를 금방 알아들었지만, 몹시 불안해하며 하는 말은 이해하지 못했다. "한네스가 사라졌어." 한네스라고? 하마터면 그렇게 물을 뻔했다. 때마침, 모든 이가, 레나테조차도 늘 '우르반'이라고 불렀던 우리의 옛 친구 이름이 한네스였다는 데 생각이 미쳤다. 내가 얼마나 경악하는지만 봐도 뭔가 심상치 않은 일이 벌어졌다는 걸 난 알 수 있었다. "사라졌다니, 그게 무슨 말이야?" "말 그대로야. 그냥 집으로 돌아오지 않았어." "어디에서?" "연구소에서." "언제?" "일주일 됐어." "찾아봤어?" "물론이지. 알아볼 데는 다 알아봤어." ─경계경보를 알리는 종소리가 내 마음속에 울려퍼지기 시작했다. ─내가 신문에서 알게 될까봐 그냥 말해주려고 했다는 거다. 그런 일이 신문에 실리기라도 하는 양. 레나테는 채 울음을 터트리기 전에 전화를 끊었다. 이전에 내가 가졌던 레나테에 대한 호감이 되살아나는 느낌이 들었다. 그녀를 이토록 아프게 하다니, 우르반에게 분노 같은 게 일었다. 그리고 내가 그를 뒤쫓아가봐야 하지 않을까 하는 책임감 같은 묘한 감정이 들었다. 이제 그가 여기까지 나를 뒤쫓아와 있다.

좁은 통 밖으로 머리만 빼꼼 내놓아서가 아니다. 아무리 공포스러워도, 아직 언급할 단계는 아니지만 죽음에 대한 공포감이 들어도 빠져나갈 수가 없는 것이다. 꼭 폐소공포가 있어야 이 통 속에서 공포를 느끼는 건 아니라는 예감이 벌써부터 든다. 하지만 저 너머 두꺼운 유리창에서 마이크를 통해 내게 사무적으로 명령하는 여자 목소리에 집중하다보니 공포감도 사라진다. "숨 들이쉬고, 참고, 숨 내쉬고." 그 단순한 명령을 계속 반복해서 따라하는 게 얼마나 어려운 일인지 그 목소리는 전혀 모르는 모양이다. 머리를 약간 왼쪽으로 기울일 때면 유리창 뒤 어두운 방을 향한 문 위에 있는 둥근 시계가 눈에 들어온다. 이러고 있은 지 벌써 십분이나 되었다. 작은 컴퓨터 모니터에 초록색 선과 데이터가 이리저리 그려지는 걸 보기 위해서는 반대로 머리를 약간 강하게 오른쪽으로 돌려야 한다. 이것들을 종합하고 옳게 해석한다면, 바라건대 이걸 읽을 줄 아는 내 담당의사는 내 복강에서 무슨 일이 일어나는지 중요한 정보를 얻게 될 것이다. 여전히 내 목을 죄는 듯한 역겨움을 컴퓨터는 감지하지 못하지만, 조금 전에 방사선과 전문의가 말하길, 운이 좋으면, 고열의 원인이 되는 저 농양의 모양을 컴퓨터가 그리게 될 거라고 한다. 그는 운이라고 말했고, 난 진지했다. 이 통 속에서 나가는 대신 뭐든 다 감수하겠노라 그에게 말하지는 않겠다. ─그런 생각조차 감히 할 수 없다. 손에 힘이 빠져 쥐가 나기 시작하는데, 머리 위로 높게 팔을 뻗치고 어쩌라는 건지. 숨 들이쉬고, 참고, 숨 내쉬고. 난 리듬에 적응해보려고 애를 써본다. 내 식의 리듬으로 몇 숨을 몰래 들이마셔보기도 하고, 슬쩍 기침도 해본다. 사무적이고 약간 일그러진 기계음이 그런 나를 알아채서는 안된다. 숨 들이

쉬고—십오분 이상은 걸리지 않을 테지. 아마 그렇게 오래 걸리진 않을 거야. 그건 생각할 수조차 없는 파렴치한 요구라고. "집중하세요." 이들에게서 빠져나갈 자는 아무도 없다.

"진정하세요." 진정, 진정, 진정. 이제 정신을 차리자. 이제 난 저 목소리가 원하는 대로 아주 기계적으로 숨을 쉰다. 그러면서 저절로 떠오르는 형상들을 오게 내버려둔다. 우리 세사람, 당신과 나, 우르반이 랑한스 박사님의 강의실에서 나오고 있다. 저 시절의 사진을 흉내라도 내듯 우리는 젊은 모습이다. 우르반이 미소 짓는다. 나중에 당신은 한마디 할 것이다. "그거 봤어? 우르반이 조롱하듯 미소 짓는 거 말이야." 물론 당신은 내가 우르반에게 하는 말을 들었다. "너 오늘 잘하더라"라고 말하자, '조롱하듯' 미소 지으며 그가 대답했다. "누구나 할 수 있는 걸 하는 거지, 뭐." 홀을 잇는 다리 위로 갈 때 당신이 어둠속에서 말했다. "우르반은 같이하는 척 하는 거야. 그거 모르겠어? 그 자식, 놀리고 있는 거야, 텍스트를, 랑한스 박사님, 당신, 우리 모두를 말이야." 난 그걸 눈치채지 못했다. 그러고 싶지 않았다. 당신이 말했다. "조롱할 뿐만 아니라, 악마적이야." 그때 그 말이 툭 튀어나왔던 거다. 거부하면 할수록 나한테 더 강하게 꽂힌 그 말. 우리들 사이에 그 말이 다시 나오기까지는 수년의 세월이 필요했다. 나로서는, 우르반이 우리 모두에게 거의 이해되지 않던 저 텍스트의 의미를 당당하게 해석했을 때 그에게 근본적으로 부족한 게 무엇인지, 가장 큰 걱정거리가 무엇인지 내가 인식한 것을 당신에게 털어놓기까지 수년이 걸렸다. 토마스 만의 「힘겨운 시간」을 랑한스 박사님은 담화술 교육 세미나에 텍스트로 선택했었다. 어려운 텍스트라고, 박사님도 고백했었다. 작가는 자신의 위기를 반은 숨기고 반은 드러내는 은폐용으로 다른 사람의 위기를 묘사한다. 읽어도 잘 이해가 가지 않았다. 이중적인 의미들. 우르반은 이 예술작품을 완성했다. 난 식물원의 온실을 바라보고 있었다. 프리드리히 실러가 『발렌슈타인』을 쓸 때 이리저리 거닐었을 저곳. 지금은 우리의 작은 강의실 창문이 그쪽으로 나 있어서, 아무도 눈물을 흘리는 내 모습을 알아채지 못했다. 프리드리히 실러가 겪었을 정신적, 육체적 고통에 대한 동정심 때문만은 아니었다. 아니, 사실 더 중요한 건 미세하게 떨리는 우르반의 목소리 때문이었다. 아, 우르반, 이 친구야. 그 당시 난 그가 하는 말 한마디 한마디를 예민하게 듣고 있었다. 그가 ‘신을 저버린’ ‘표박漂泊’ ‘영혼의 성스러운 근심’과 같은 단어나, 혹은 ‘고통…… 이 말이 얼마나 그의 가슴을 확장했는지’ 하는 문장을 읽을 때의 그 떨리는 목소리에도 난 흔들리지 않았다. 전혀. 이 문장을 그가 짐짓 감정을 섞어 읽자 누구나 거기에 속아넘어갔다. 하지만 당신은 아니었다. 나도 아니었고. 하지만 나는, 그의 입을 쳐다보는 당신하고는 다른 이유에서였다. 그는 자신의 거짓된 행동으로도 나를 속일 수 없었지만, 곧 그를 놀라게 한, 아니, 그를 습격한 것처럼 보이는 문장에 도달했을 때 그가 보인 정직함으로도 나를 속일 수는 없었다. “재능 그 자체. 그것이야말로 고통이 아니었나?” 이 문장을 읽고 난 후 속을 드러내는 짧은 휴지부, 깊은 호흡, 그건 기교가 아니었다. 당신의 선입견에 가로막혀 당신은 이걸 알아채지 못했거나 아니면 똑바로 해석할 수 없었다. 하지만 그 질문은 우르반의 내면과 마찬가지로 나의 내면에도 딱 들어맞는 것이기에, 또 나 자신 발버둥 치며 자기확신도 없이 그와는 다른 대답을 아주 나지막하게 듣기 시작했기에, 난 그걸 알아채고, 또 이해할 수 있었다. 말하자면 그는—난 그걸 알았었다—그토록 바라 마지않던 재능이 자신에게 없다는 치명적인 진실을 깨달았던 거다. 이 세상 어떤 권력도, 자신의 어떤 사무치는 염원도 이러한 결핍을 채워줄 수는 없다는 걸. 그가 불쌍하다는 생각이 들었다. 일종의 죄의식을 느낄 정도였다. 그런 이유로 난, 우리가 대학 앞에서 헤어질 때, 늘 그렇듯 그가 자신을 숨기는 조롱 조의 미소를 짓자 눈을 내리깔았다. 당신, 그런 이유로, 난 충격을 받았던 거야. 명예욕에 사로잡힌 재능 없는 자가 복수욕을 품는다면 얼마나 두려운 일인지를 난 나중에야 배우게 되었다. 그것도 철저하게.

더이상 숨쉬기를 하지 않는다. 초록색 빛으로 깜빡거리던 그래픽이 모니터에서 마침내 사라진다. 일초도 더 견뎌낼 수 없었을 것이다. 마이크에서 들리는 남자 음성이 내 이름을 부르며 사무적으로 내게 말을 건다. 이제 잠시 쉬자고 한다. 반은 끝냈다고. 이제 내 복강에서 정밀검사가 필요한 특정 부위를 세부 촬영하게 될 거라고 한다. 더 할 수 있겠느냐고. 난 "네" 하고 대답하는 내 목소리를 의아하게 듣고는 곧 나를 경멸하기 시작한다. 이런 질문에 아니요라고 대답 못하는 나라는 사람이란.

빠질 듯 아픈 팔을 십분 이십분 삼십분 더 머리 위로 뻗고 있어야 한다고 생각하니 상상만 해도 죽을 것 같다. 누구라도 절레절레 고개를 내저을 이 쇠 감옥 안에 내던져진다는 건 또 얼마나 끔찍한지. 문 열리는 소리가 들린다. 발걸음 소리. 남자 목소리가 난다. 방사선과 전문의다. 필 수 있게 무언가를 내 손 아래 넣어줄 거라고 한다. 고마운 마음이 밀물처럼 솟구쳐오른다. 그런 내 마음을 눈치챈 그가 들어와서 당장 구제책을 내놓는다. 좀더 정확한 수치가 필요하다고 한다. 그러면 무언가 확실해질 거라고. 외과 의사가 이 정보를 보고 평가할 수 있을 거라고 한다.

그러니까 외과 의사는 결정된 사안이라는 거네. 한번, 또 한번, 호흡을 잘 못한다. 그러자 젊은 남자 목소리가 마이크를 넘겨받더니 진정하라고 내게 아버지처럼 인자하게 명령한다. 집중하라고. 숨 들이쉬고, 참고, 내쉬고. 이번에는 제대로 한다. 다시 리듬을 찾았고 더이상 다른 생각도 안한다. 한가지 질문이 그 방 안에 던져진다. '인간의 행복은 무엇인가?' 어느 여선생님이 낸 작문 주제였다. 그 선생님은 독일인으로 태어난 것이 최고의 행복이라는 글을 우리로부터 읽고자 했다.

이 얘길 우르반에게 한 적 있다. 내가 당신을 아직 만나지 않았던 저 초창기에. 그리고 보니 정말 난 당신보다 그를 먼저 알았네. 나중에 당신한테 한 얘기들을 그에게 했던 모양이다. 우리는 학생 식당 앞에 서 있었다. 내가 지금 완전히 무기력해져서 가라앉고 있는, 아니, 나도 어쩌지 못하니 가라앉혀진다고 해야 맞는 저 침몰의 초창기 때. '완전히'는 여기 딱 맞는 말이다. 그렇지 않으면 난 이 말을 더이상 사용할 수 없다. 이 말은 지금 세대 나름으로 '완전히'란 말이 나오는 문장마다 떠오르는 끔찍한 문제들로 인해 소모되었다. 완전히 돌았어, 완전히 지쳤어, 그렇게 말하는 소리를 듣지 않는가. 오늘은 견습 간호사 에벨린이 "또 완전히 불필요한 일이었어" 하는 말이 들린다. 그게 뭔지는 모르겠지만, 아마도 그녀 말이 옳을 거다. 사람들이 그녀에게 말하거나 하라고 지시한 것 중 전혀 불필요한 것도 많을 테니. 하지만 전쟁이야말로 완전히 총력전이다. 물론 완전히 불필요한 것이기도 하고. 오늘날 인간의 행복은 무엇일까? 이 질문을 난 학생식당 앞에서 우르반에게 던졌다. 그는 웃음을 터트렸고, 가벼운 작센 사투리로, 집회에서 연설하는 어조를 풍자하며 말했다. "뭐겠어요, 동지. 억압자에 대한 투쟁이지요!" 나도 따라 웃었다. 당신, 믿겠어? 사람들이 우르반과 함께 흔쾌히 웃을 수 있던 시절이 있었다. '악마적'이라는 말은 우리에게 있을 수 없는 말이었다. 그때 로르헨이 다가와 당신의 존재를 알려줬다. 내가 쳐다봤을 때 당신은 색 바랜 공군 보조요원 재킷을 걸치고 계단에 서 있었다. 당신은 내키지 않는 듯 로르헨을 보고는 살피듯 나를 쳐다봤다. 그건 정말 제대로 된 눈빛이었다. 이 모습은 내 마음속 문서보관소에 미끄러져들어와 파기할 수 없는 서류가 되었다. 숨.내쉬세요, 숨 참고. 인간의 행복은 이 빌어먹을 기계 밖에 있는 모든 것들이다. 두개의 철문으로 꽉 닫힌 이 방 바깥에 있는 모든 것들.

　전에 누웠던, 이제 거의 친숙해진 방에 다시 누운 여자는 생각할 기운조차 없다. 점점 많아지는 것 같은데 몸에 연결된 줄이 몇개나 되는지 신경도 쓰지 않는다. 그렇게 기운이 없지만 않다면, 여자는 아마 먹지도 배설하지도 않고 살 수 있다는 데 열광할 것이다. 몇 날 며칠 밤낮없이 등을 대고 꼼짝 않고 누워 있을 수 있다는 것도 그렇고. 불쑥 당신이 와 있다. 침대가에 서서, 당혹감을 감춘 채 당신은 같이 따라가지 못한 곳이 어땠는지 궁금해한다. "뭐, 진짜 고문은 좀 다른 거겠지." 난 목소리에 두려움을 담아, 이 집의 깊디깊은 곳에 웅크리고 있는 기계, 바로 미로 속 미노타우로스에 대해 얘기해준다. 딱 보니 당신은 화가 나 있다. 당신은 머뭇거리다, 내가 과장할라치면 당신이 곧잘 하는 그 '그런데'란 말을 곧 할 테지. 벌써 내뱉고 있다. "그런데 어디서 수술하는지 정도는 최소한 사람들이 알고 있어야 하는 거 아니야." 주임의사가 당신에게 그렇게 말했다는 거다. 그러니까 당신 그 사람과 면담을 했다는 거네? 당신네들 약속을 했었구나. 아, 그랬군.

　내일 아침. 내일 아침, 하느님이 원하신다면 너를 다시 깨워줄 테지.[3] 여자의 아름다운 목소리는 어머니의 비범한 자질로 적합하다. 어떤 소프라노 가수. 당신, 왜 울어, 착한 정원사의 아내여.

　"당신, 왜 아무 말도 하지 않아?"

　"듣고 있어."

---

3 브람스의 자장가에 나오는 소절.

"그렇지."

누가 말한 걸까? 당신이었나? 또다시 여자의 침대가에 와 있는 주임의사였나? 그러니까 내일 아침 일찍이란 말이지. 찬성이든 반대든 뭔가 의사 표명이라도 해야 한다는 듯 두사람은 여자를 지켜본다. 하지만 여자는 앞으로의 일을 불평할 마음이 없다. 지난 일에 대해 불평할 마음만 있을 뿐. 여자는 마시는 것에 대해 불평한다. 그 엄청난 양이라니. 그렇게 오랫동안 완전히 절식하고 나서 그 많은 양을 마시라고 요구하다니. "그럴 순 없어요." 이 무리한 요구를 똑같이 받게 될 모든 이를 위해 여자가 단연코 말한다. "맞습니다." 주임의사가 꿋꿋하게 예의 바른 태도로 말한다. 잘 알고 있다고, 하지만 단층촬영할 때 한번 임상실험으로…… 그가 하던 말을 멈춘다. 그가 말이 꼬여 하던 말을 멈춘 게 참작이 된다. 임상실험으로라니. 그는 인용부호를 붙여 말한다. 이럴 수가. 주임의사이자 외과 과장인 사람도 당황할 수 있을까?

여자의 손에 작은 하늘색 책이 들려있다. 가벼운 책이라 여자는 오른손으로 들고 줄로 연결된 왼팔, 왼손으로 조심스레 책장을 넘길 수 있다. "여기 왕관들이 굽이친다 / 영원한 고요함 속에서 / 열심히 일한 자들 / 후하게 보상받을지니."

"봐, 내가 찾았어." 여름 날씨가 변덕스럽다고 당신이 말한다. 내 머릿속에서 한뭉치의 단어들이 돌아다닌다. 변덕스러운(벡셀하프트) 비약적인(슈프룽하프트) 막돼먹은(플레겔하프트) 짓궂은(부벤하프트) 경박스러운(플라터하프트) 진부한(플로스켈하프트) 고통스러운(슈메르

츠하프트). 그리고, 살아 있는(라이프하프트). 대개 내 몫이어서 당신은 잘 하지 않던 질문을 던진다. 당신이 그런 질문을 하는 걸 보니 무슨 일이 있긴 있나보다. "당신, 무슨 생각해?" 아, 정말 슬픈 일이지만, 난 아무리 애를 써도 답을 모르겠다.

당신도 알잖아, 내가 항상 선의를 가지고 있다는 걸, 때로는 최고의 선의를 가졌고 또 그걸 보여줬다는 걸. 결국 겉으로 보여주기만 했지만. 그걸 부인하진 않겠다. 점점 내 선의를 너무 자주 사용해서 오히려 해롭게 되고, 다 써버리고 쓸모없게 되었으니까. 이제 난 선의든 악의든 상관없이, 어떤 낌새의 의도든 상관하지 않고, 당신을 바라보며 눈으로 아니라고 할 수 있다. 당신, 그 질문일랑 접어둬. 너무 늦은 질문이야. 아니면 너무 빠르든가. 조금 전만 해도 당신 마음이 다칠까 대답하려고 애를 썼을 테지만, 지금 난 기진맥진해서 아무런 노력도 할 수 없다. 내 걱정을 씻어내고 편안해지려고 여기 이 수직 갱 바닥으로 들어와야 하다니 기도 안 찬다. 이 모든 소모적인 일들이 달리 연출되지는 않았을 거라는 예감이 슬슬 들기 시작한다. 예감은 퇴색한다. 희미해진다. 퇴색한 광야. 유령 같은(게슈펜스터하프트). 부엉이 같은(오일렌하프트). 꿈같은(트라움하프트). 가요, 당신에게 말한다. 제발 가. 허깨비 같은(쉐멘하프트). 악몽 같은(샤우더하프트). 요괴 같은(쇼이잘하프트).

다시 밀물이 밀려온다. 집어삼킬 듯한 물결, 끔찍스러운(그라우엔하프트), 열성적인(피버하프트), 강제적인(츠방하프트). 지탱할 곳이 없다. "높아요, 체온이 아주 높아요." 어떤 여자 목소리가 말한다.

정신을 잃고 난 거친 물살에 휩싸인다. 그때 두개의 단어가 떠올라 내 의식의 작디작은 점 하나를 건드리고, 부서질 듯한 물결에 맞서며 버틴다. 놀랍게도 이제 난 그걸 기억할 수 있다. 나, 아파요. 입술을 움직여, 안간힘을 써서, 기억해낸 그 말을 하려 한다. "나 아파요."

"네." 주임교수가 멀쩡한 목소리로 말한다. "압니다."

이거야말로 정말 중요한 순간이다. 내가 아프고 어떤 다른 사람이 그걸 알고 있다. 나도 꾸민 태도를 보일 필요가 없고, 그도 부자연스럽지 않다. 사실이 그러할 뿐.

"크리스티네 간호사, 장딴지 싸기⁴ 부탁해요. 그걸로 한번 해보지요. 위급한 상황에는 주사를 놓고요."

저녁 늦게, 밤이 되어서야—밤낮이 서로 뒤엉켜 구분도 되지 않지만—밀물이 가라앉게 될 것이고, 그림자처럼 방이 떠오를 것이다. 문 옆 가장자리로부터 사각으로 밤빛이 비치자마자, 땀에 흠뻑 젖은 여자가 기운이 빠져 그녀의 침대 보트에 누워 있을 것이다. 보트는 흔들리지만 가라앉지는 않는다. 여자의 몸 위로는 투명한 병 두개를 단 교수대가 있고, 창백한 사각 창문은 반쯤 커튼으로 가려져 있다. 침대 옆 오른편 작은 탁자 위에는 검은색 작은 공책과, 여자가 손을 뻗어 좋지 않은 뉴스를 각오하고 머뭇머뭇 켜게 될 라디오가 놓여 있다. 또 비행기가 여기저기 하늘에서 추락했다

----

4 열을 내리기 위한 민간요법으로 미온에 적신 수건을 종아리에 두르고 그 위를 마른 수건으로 감싸 10~20분 정도 둠.

는 둥, 핵잠수함이 북쪽 해안 앞에서 침몰했다는 둥, 세상 저 먼 곳에서 인질이 죽은 채로 발견되었다는 둥, 세상 가까운 곳에서는 어떤 사람이 도망치다 저격당했다는 소식들, 그녀를 제외한 세상 모든 사람들이 잘 견뎌내는 것처럼 보이는, 그러니까 이 세상사가 정상적으로 잘 돌아가고 있다는 뭐 그런 뉴스들. 이 모든 걸 각오하고, 금방이라도 작은 오프off 버튼을 누를 준비를 하고 있는데, 운 좋게도 맑고 부드러운 바이올린 음이 들리고, 한 5도 정도 음정을 높여 똑같이 맑고 연약한 음이 이어지더니, 다시 다른 음이, 또다시 다른 음이 나온다. 콘트라베이스가 처음 음을 받고, 여자가 가장 좋아하는 악기인 클라리넷이 음울하고 깊은 음을 보탠다. 이제 악기들은 정교한 거미줄처럼 음을 짜맞추고 마법 같은 길을 놓는다. 심지어 트럼펫도 이 마법의 나라에서 제 갈 길을 잘 찾아가, 아주 높은 곳으로 올라가 내 심장을 살짝 들어올린다. 피아노가 아직 등장하지 않고 최대한 자제하고 있다. 이제 나오네. 이 황홀한 음들의 뒤섞임에 동참하고 하나가 된다. 여봐요, 여러분, 인간의 행복이 뭐죠?

여자의 얼굴에도 땀이 흥건하다. 어떤 손이 조심스레 얼굴을 닦아주고, 조심스레 셔츠를 갈아입혀주고, 침대보며 이불도 바꿔준다. 이름 모를 조용한 야간당직 간호사가 다른 사람의 도움을 받은 거다. 검은색 피부의 젊고 아름다운 여성이 그녀를 돕는다. 이 여성의 아름다움은 거의 수줍어하는 듯한, 사뿐한 움직임에 있다. 소녀 같고(뫼트헨하프트), 활기차고(렙하프트), 양심적으로(게비센하프트)

보인다. 다른 사람들에게는 대개 같이 오지 않는 많은 것들을 이 여성은 자기 안에 합칠 줄 알았다. 특히 그녀는 내가 본 적 없는 깊은 갈색 눈을 가졌다. 이 말을 내가 그녀에게 하고 만다. 그녀는 당황하지 않고 미소를 지어 보인다. 그녀는 침대가에 앉아 내 이마를 짚어본다, 엄마처럼. 하지만 나보다 훨씬 젊은데. 내 딸뻘 정도 될걸. 그녀는 자신을 마취과 전문의라고 소개한다. 여자가 내일 아침까지 잘 자도록 도와줄 거라고 한다. 여자가 깨어나면 거기 있을 거라고, 여자가 기분 좋은 상태로 마취되고 그렇게 다시 깨어날 거라 말한다. 자기가 잘 동행할 테니 자기를 믿어도 된다고. "아뇨, 박사님이라고 부르지 마세요. 박사학위가 없어요." 자기 이름은 바흐만, 코라 바흐만이라고 한다. 관련이 많은 이름. 그녀는 그걸 이해하지 못한다. 몇가지 정보를 달라고 해서, 난 아는 대로 준다. 어차피 대부분은 내 진료기록에 나온다면서, 다만 예컨대 마취제에 대해 알레르기는 없는지 직접 확인하려 한다. 환자가 약 성분을 견딜 수 있는지 확인해야 한다고, 하지만 모든 마취제 성분이 독성인데 이걸 누가 견딜 만하다고 하겠느냐고, 코라가 말한다. 참 이상하다. 겁먹게 하는 두려움을 불러일으키지 않고 그렇게 민감한 주제마저 화제로 올릴 수 있다니. 그러니 코라가 나한테 주사하려는 그 약을 어찌 내가 아주 못 견뎌내기야 하겠는가?

그러니까 그녀가 여행 안내자가 되어 나를 어둠속으로, 하데스의 지하세계로 이끌게 될 것이다. 그녀가 내게 눈을 떼지 않고 내 심장박동을 지켜줄 것이다. 마음이 놓인다. "이 밤이란 게 얼마나

긴지"하고 말하자, 코라가 "네, 맞아요" 한다. 그녀도 오늘처럼 야
간당직이 있는 밤이면 다른 식으로 밤이 길다고 한다. "그럼 내일
일찍 수술실로 직행해야겠네요!" 환자가 딱하다는 듯 말한다. 코
라는 "아, 노하우가 있어요. 오늘밤은 무슨 일이 있어도 몇시간 잘
거예요" 한다.

코라의 밤을 상상하는 동안, 그녀가 마취과 전문의로 내일 새로
맡게 될 다른 경쟁자들에게도 날 대하듯 그렇게 친절할지, 그들과
도 나와 같은 친근감이 생겨날지 질투 섞인 궁금증을 품으며 난 잠
이 든다. '검은 여인이여! 나를 떠나지 마요'라는 말을, 슬프기도
하고 동시에 기쁘기도 한 마음으로, 꿈속에서 들은 것 같다. 아마
내가 한 말이었겠지. 그런 다음 난 그 여인, 코라가 그날밤 나와 함
께 도시를 방황하도록 내버려두었다. 우린 새털처럼 가볍게 지면
에 닿을 듯 말 듯 움직였으니 둥둥 떠다녔다고 하는 게 더 맞겠다.
그토록 자주 내게 내려지던 명령, '현실에 발을 디뎌!'라는 명령은
이제 효력을 잃었다. 사뿐히 날아 우리는 베를린에 있는 우리 집
넓은 창문을 통해 한밤의 어둠이 내려앉은 안마당으로 내려갔다.
안마당에는 왼쪽 옆 건물 육층, 발루셰크 부인의 부엌에서 흘러나
온 가느다란 빛줄기만 덩그러니 놓여 있었다. 지역 주택행정기관
에서 일거리를 받아 몇푼 안되는 돈을 받고 길가 주택 계단을 청소
하는 부인은 누가 시키지 않아도 우리 주택가가 조용하고 깨끗하
게 유지되는 데 열과 성을 다하고 있었다. 그러니 이렇게 늦은 시
간이면 벌써 잠자리에 들고도 남았을 텐데. 그런 일이라는 게, 이렇

게 온갖 인간들이 섞여 살 때는—부인이 그런 표현을 썼었다—
늘 그리 간단한 일이 아닌 법이니. 길가 집 사층 오른쪽에 사는 새
세입자들을 생각하면 특히나 그렇다. 이 사람들 태도에 대해서는
할 말이 없거나, 아니면 딱 한마디면 된다. 그 말을 발루셰크 부인
은 서슴없이 내뱉는다. '비-사-회-적'이라고. "이 비사회적인 사
람들이 얼마나 게으른지 자기네들 오물을 쓰레기통에 버리는 최소
한의 일도 안한다고요. 정상적인 사람들이라면 누구나 그렇게 하
잖아요. 쓰레기를 아무 데나 버리는 작자가 저 사람들인 게 분명해
요." 곧 자기가 힘들게 청소해놓은 마당 전체가 온통 오물을 덮어
쓰게 될 거란다.

　"저 사람들 또 뭔 일 있나보네." 마당에서 발루셰크 부인과 우
리 윗집 새 세입자 간에 한바탕 고성이 오가기 시작하면 당신은 그
렇게 말하며 창문을 죄다 닫곤 했다. 난 그 여자에게 시비를 걸 생
각조차 못했다. 일층 수입상품점에서 산 커피와 담뱃갑으로 당신
이나 나에 대한 그 여자의 꺼지지 않는 불신을 살살 잠재워놓았
다. 하지만 안마당이 깨끗한가 더러운가 하는 건 내게 별문제가 아
니다. 특히나 이런 밤에는. 검은 여인과 나, 우리는 휘영청 떠오른
창백한 달빛을 받으며, 건물 앞면 모양 때문에 베를린 사람들로부
터 '호메이니의 복수'라고 불리는 프리드리히슈타트팔라스트 위
를 날아, 이제야 한적해진 프리드리히슈트라세를 따라 떠내려간
다. 오른편으로는 전쟁 통에 부서진 건물을 지나고, 점점 더 황량해
지고 수상쩍은 창고로 쇠락해가는 아드리아 호텔을 지나, 베를린

앙상블 앞 자기 벤치에 앉은 브레히트 동상을 무례하게 돌며 난다. 약은 얼굴로 브레히트는 우리를 곁눈질하면서도 죽은 척한다. 아무나 따라할 수 없는 정평 난 전술. "제대로 하든지 아니면 아예 안 하든지"라고 하자 내 말에 동의한 코라가 위안을 주는 그림자가 되어 나와 나란히 슈프레 강으로 다가간다.

저기 한쌍의 연인이 서로 껴안고 서 있네. '귀여운 한쌍의 연인'이라고 하면 틀린 말일 거다. 새파랗게 젊은 친구들이 아니고, 딱 보니 삼십대 초반에서 중반 정도 돼 보인다. 가까이 가서 보니 그들 옷이 몇십년 전 시절에 입던 거다. 모자를 보면 알 수 있다. "1930년대네요"라고 내가 코라에게 말한다. 코라도 그렇게 생각한다. 이 연인들을 따라 우리는 바이덴담 다리로 날아간다. 프로이센 독수리 상 앞에 멈춰선 두사람은 철로 주조된 난간에 기댄 채 슈프레 강을 내려다본다. 무척이나 매력적인 그 젊은 여인 곁에 바짝 다가간 난—그 여인이 나를 보지 못하리라는 건 이상하게도 자명한 일이다—그녀 얼굴을 쳐다보고는 소스라치게 놀라 나의 동행을 향해 몸을 돌린다. "그런데 저게 누구예요?" 코라가 쉿 하고 손가락을 입에 댄다. 나더러 아무 말도 하지 말라고.

난 아무 말도 하지 않는다. 시간의 층위가 절망적으로 뒤엉켜 있어 난 깊은 혼란에 빠진다. 그런데 왜 절망적이라는 거지? 내가 알아보기는 했지만 이름을 부르면 그들을 위험에 빠뜨리게 될 것이기에 이름을 불러서는 안되는 이 두사람, 이 호명되지 않은 두사람과 함께 난 슈프레 강 건너 작은 잔디밭으로 다가간다. 강은 자격

없는 사람들에겐 출입이 허락되지 않는 저 평편한 건물을 에워싸고 있다. 사람들은 이 건물을 눈물의 벙커라고 부른다. 아, 그렇구나, 그렇겠지. 이 두사람은 여기로 오려는 거다, 그들은 도망치려하는 거야, 이 출구를 빠져나가 안전한 곳으로 가려고, 그런 생각이 섬광처럼 스친다. 출구가 있다는 게 다행이다. 그들이 유효한 비자를 가지고 있길. 아직 한밤중이 아니길. 12시가 지나면 국경이 폐쇄되니까. 그때 한방 맞은 듯 어떤 생각이 뇌리를 스친다. 그런데 이 사람들은 저 너머에서 뭘 하려는 거지? 유대인인 저 남자는 여기나 저기나 위험하긴 매한가지인데. 이 사람들 대체 어디 살고 있는 거지? 그리고 나는? 어느 시대인 거지? 난 소리쳐 코라를 부른다. 하지만 그녀는 가버리고 없다. 다시 난 소리친다. "날 떠나지 마요!"

"안 가요, 안 간다고요" 하는 목소리가 들린다. 코라 바흐만도 아니고 간호사 크리스티네도 아니다. 걸러진 아침 햇살을 받으며 내 방 한가운데 서 있는 건 전혀 다른 사람이다. 이 사람은 내 침대로 다가와 푸석하고 커다란 손을 내밀고는, 약간 우물거리며, 힘주어 아침 인사를 건넨다. 그러더니 그녀는—그렇다, 여자였다—제자리에서 한바퀴 몸을 돌려 나를 포함해, 방 안의 물건을 하나하나 자세히 뜯어보며 내게 동의를 구하는 표정을 짓는다. "난 엘비라라고 해요." 그녀는 요란한 소리를 내며 빈 쓰레기통을 양철로 된 외피에서 꺼내, 복도로 가져가 마저 비운다. 곧 돌아와, 다시 엄청나게 요란한 소리를 내며 쓰레기통을 있던 자리에 끼워넣고는 다시 내 침대로 와, 다시 내게 손을 내민다. "잘 지내시고요, 안녕히 계세요!” 엘비라의 일그러진 얼굴이 보인다. 볼품없는 손이 맥없이 누르는 게 느껴진다. 어떤 형태의 의지도 그녀 몸에서는 관철될 수도, 표현될 수도 없었지만, 동정심 같은 것이 그녀 표정에 얼핏 내비친다. “고마워요, 엘비라. 잘 가요.” “다음에 뵐게요.” “그래요, 다음에 봐요.”

　크리스티네 간호사는 엘비라가 그렇게 일찍 들이닥치는 걸 막지 못해 화가 나 있다. 날 자게 내버려둬야 한다고 일러놨다는 거다. “워낙 호기심이 많아요. 어떻게 막을 재간이 없답니다.” 크리스티네 간호사는 두개의 물약병을 살펴보고, 배의 상처에서 나오는 두개의 배농관 상태를 직접 점검하고, 액체가 모인 주머니를 교체한다. 그러고는 환자를 마르고트 간호사에게 맡긴다. 약간 뚱뚱한 편인 마르고트는 조금 소란스럽게 들어와서는, 아직 이른 아침인데도, 몸을 닦아주기 위해 여자 위로 몸을 숙일 때면 땀 냄새를 풍긴다. 지나치게 큰 목소리로 마르고트는 여자를 복수형으로 말한다. “우리 곧 끝내게 될 거예요. 우리, 다리를 약간만 들어볼 수 있을까요, 어때요? 수술실 신사분들에게 우리 멋지게 보여야 하잖아요, 안 그래요?” 마침내 그녀가 창문을 열고 사라진다. 그제야 마음이 가벼워진 난 신선한 아침 공기를 마신다. 크리스티네 간호사가 말한다. “자, 그럼 이제 그 유명한 주사예요. 곧 모든 게 편안하고 다 괜찮아지실 거예요. ‘수술대에 눕는 건 이게 마지막이다’라고 생각하세요.” 이제 남은 건 면 두건을 씌우고 머리카락을 그 아래로 쑤셔넣는 일이다. 다행히 마침 미용사가 머리를 아주 짧게 잘라놓은 터였다. 불행히도 다시 에벨린 간호사가 나타나, 그렇게 이른 아침인데도 깔끔하고 완벽하게 화장을 하고서, 모서리란 모서리는 다 부딪혀가며 여자의 침대를 수술실로 밀고 간다. 우리가 일찍 왔나본데, 상관없다고 한다. 어차피 내가 첫 수술 환자라고.

그렇다고 마음이 흐뭇해질 턱이 있나. 수술실에서의 순서는 분명 돈이나 지위에 따라 정해지는 게 아니라, 이를테면 병이 위중한 정도에 따라 정해질 터. 여자는 이 말의 두가지 의미를 조금 더 곱씹어본다. 그때 온통 초록색으로, 검은 담녹색 옷을 걸친 수술실 담당간호사가 온다. "여기 수술실을 담당하고 있어요." 간호사가 자신을 소개하고는 가벼운 단문으로 여자와 말을 하기 시작한다. 여자는, 약간 간격을 두고, 간결하게 대답한다. 점점 두터워지는 솜더미 사이로, 여자는 간호사가 오늘 오랜만에 다시 출근했다는 말을 듣는다. 지난주 내내 병가를 냈다고, 수술실에서 간염이 전염되어서라고 한다. 애가 둘이고 남편은 기술자란다. 환자는 "그래요?" "네" "좋으시겠어요"라고 응수하며 간호사가 일하는 모습을 지켜본다. 여자에게 등을 돌린 채 간호사는 유리 장에서 뭔가를 조정하는가 하면, 주사기에 약을 주입하기도 하고, 손놀림이 민첩하다. 그때 한 남자가 **수술실** 1이라고 적힌 문으로 들어온다. 마찬가지로 담녹색 옷을 입고 있는데, 머리에는 작은 캡을 쓰고 있다. 자세히 보면 관자놀이께 머리가 희끗희끗하다. 그 남자는 여자가 잠들기 전에 인사를 하려 한다. 주임의사다. 그는 여자와 악수를 하고 궁금한 듯 간호사를 쳐다본다. "준비 끝났습니다. 환자와 얘기도 나

넜어요." 그제야 환자는 이 간호사가 자기와 얘기하는 일이 업무의 일부라는 걸 깨닫는다. 아무려면 어떤가. 의사가 말한다. "좋아요. 잘될 겁니다." "그럼요" 하고 여자가 말한다. 속으로는 약간 빈정 대며 '아니면 어쩌겠어'라고 생각한다.

'선善하다'라는 짧은 말이 수술실에 침입한다. 선하다, 선하다, 선하다. 어린 시절 귀가 닳도록 들었던 기본 운율이 아니었나? "선 하다고?" 언젠가 우르반이 내게 소리친 적이 있었다. "너 그렇게 순진해? 선하다는 말보다 더 시민적인 말도 없다고. 인간이 고결하 다는 둥, 자비심이 많고 선하다는 둥, 이런 것이야말로 시민적인 말 중 최고의 상투어지. '선하다'라는 말을 빌미로 폭군이나 초인으로 상승하고 싶은 소시민의 교리문답이란 말이야." 그 당시 아직도 소 심하던 내가 대답했다. "그런데, 그러면 소시민은 '선하다'라는 말 을 벌써 넘어선 거잖아, 너처럼." 곧 나 스스로 고쳐 말했다. "우리 처럼." 그러자 우르반이 얇은 입술로 응수했다. "말조심해."

온통 담녹색으로 덮인 채, 검은 여인이 서 있다. 살짝 웅얼거리 며 환자가 말한다. "우리 모두 수족관 물속에 있는 것 같네요." "그 렇게 보일 수도 있겠네요" 하고는 만사 오케이인지 묻는다. 젊은 이들이 쓰는 말이다. 여자가 말한다. "네, 만사 오케이예요. 그런데, 당신 꿈을 꿨어요." "아, 네." 웃으며 코라가 말하지만, 갈색으로 빛 나는 그녀의 눈은 같이 웃지 않는다. 수술실 담당간호사가 코라 뒤 에서 마스크 끈을 묶어주면서 역시나 환자와 얘기를 나눴다고 보 고한다. 검은 여인이 고개를 끄덕인다. "자, 시작해볼까요?" 갑자기 초록색 물체가 하나 더 나타난다. 침상을 뒤에서 미는 남자. 두 여자는 양옆에서 침상을 호위한다. 질서정연한 모양새다.

수술실 문이 열린다. 천장에는 커다란 금속 등이 밝은 빛을 드리우고 있다. 세명의 남자가 초록색 복면을 하고 양손을 치켜들고 있다. 습격이라도 할 태세다. 그들은 정원에 대해 이야기를 나누는 중이다. 한사람이 말한다. "장미야. 보면 대부분 알 만한 종자로 말이야." 들어보니 주임의사이다. "한번 봐봐, 장미라니까." 두번째 남자가 말한다. "화학비료를 주면 안돼요!" 세번째 남자의 생각은 완전히 다르다. "정원이라고요? 생각도 못해봤는데요." 그 와중에도 그들은 가해자가 아니라 백기를 들고 항복한 희생자라도 되는 양 두 손을 들고 있다. 장미에 대해 계속 이야기하는 동안에도 주임의사는 그들 세사람이 여자를 수술대 위로 힘겹게 옮기는 모습을— 남자 간호사가 말했다. "어디 한번 힘 좀 써볼까요?"— 하나하나 지켜보고 있다. 그렇게 해서 그들은 더이상 그녀와 이야기를 나누는 것이 아니라 그녀에 대해 이야기하는 저 구역으로 데려다놓은 셈이다. "환자 상태 괜찮아요?" "괜찮습니다." "시작할까요?" "시작하시죠." 남녀 간호사가 여자의 팔과 다리를 묶는 동안 여자가 검은 여인에게 속삭인다. "당신 이름을 잊었어요." 그녀가 속삭이며 대답한다. "코라예요." "맞아요, 그랬죠." 코라가 속삭인다. "왼팔에 주사를 놓을 거예요. 그러면 곧 잠들 겁니다. 좋은 꿈 꾸세요."

살육의 제물. 인간의 제물. 악덕의(라스터하프트). 불경스러운(프레벨하프트).

잘생긴 젊은 남자, 쾌활한 금발의 남자로 분한 내가 프리드리히 슈트라세에 있는 우리 집 창문에서 기어나온 게 그다음 며칠 동안 처음 있는 일인지, 아니면 두번째, 세번째, 네번째 일인지? 창문은 곧 내 등 뒤에서 닫히고 다시는 열리지 않아, 청바지에 담청색 셔 츠를 걸친 난 머리카락을 휘날리며, 그 집을 에워싸고 있는 좁은 처마 박공에 서 있다. 손가락에 닿는 곳이라곤 거의 없는 나는 조 금씩 아주 조금씩 왼쪽으로 움직여 정형외과 발코니로 접근해간 다. 그곳 발코니는 아무도 알아채지 못한 존재인 것처럼 보이는 나 에게, 미친 듯이 질주하는 프리드리히슈트라세의 자동차들 위로 매달린, 여자인지 남자인지 모를 나에게, 황당무계한 정도는 아닐 지라도 그래도 생각할 수 있는 유일한 구제 가능성처럼 보인다. 불 현듯 이 영상은 꺼져버린다. 이제 그토록 시끄럽게 내 이름을 부르 는 사람이 나의 구원자일 수는 없지만 나를 해방시켰다고는 할 수 있다. 이제 그 사람은 나를 깨우는 데 성공한다. 물론 난 그 사람의 목소리를 듣고 있다. 저렇게 크게 소리치는데 안 들을 재간이 있나. 이제 천근만근인 눈꺼풀을 들어올려야 한다. 그러는 동안 그 사람 은 내가 듣든 말든 상관하지 않고 계속해서 내 이름을 외친다. 네, 빌어먹을, 듣고 있다고요. 마침내 내가 머리를 살짝 끄덕여 보이자, 그 사람은 만족하는 것 같다. 이제 그 사람이 보인다. 세 의사 중 정 원을 갖지 않겠다고 하던, 키가 크고 푸른 눈을 가진 금발 섞인 남 자이다. "환자가 깨어났어요. 기다릴까요?" "기다려보죠." 창문이 있는 벽 쪽에서 두번째 목소리가 들린다. 보니 회복실이다. 제삼자의 구역. "환자 얼굴을 적셔주세요. 부탁해요. 입술을 촉촉하게 적서요. 충분히 적셨죠?"

금발의 젊은이 모습을 한 나는 바깥 돌림띠에 선 채 발코니 쪽으로 한치도 나아가기가 힘들었다. 다시 잠에 빠져들거나—정말 그랬으면 좋으련만—아니면 나에게서 빠져나와야 한다. 사람들은 나를 다시 잠들게 내버려두지 않기로 서로 얘기가 된 것 같다. 내가 한마디를 하면 모를까. '네'라는 말이면 제일 좋겠지. "깨어나셨어요? 제발 대답 좀 하세요!" 바깥 돌림띠에 서 있는 나와 그 젊은이, 우리 둘만은 알고 있다. 단어 하나가 몸에 얼마나 깊이 파묻혀 있을 수 있는지, 소리가 목청을 타고 나와 숨을 내쉬며 입을 떠날 수 있기까지 어떤 장애물들을 넘어서야 하는지를. 그르렁대고 쿨럭거리며 난, 의욕에 찬 그 사람들이 '네'라고 받아들일 만한 어떤 소리를 끄집어낸다. 네, 나 깨어났다고요. 하지만 난 그러고 싶지 않다. 이제 그들도 나를 다시 잠들게 내버려둔다. 세상에서 유일하게 가장 좋아하는 곳인 양 난 냉큼 돌림띠로 돌아간다. 젊고 멋진 남자 몸으로 추방된 채 난 거기에 옴짝달싹할 수 없게 매달려 있다. 선입견 없이 내 처지를 보자면, 그 남자는 사형을 선고받은 꼴이다. "그 사람, 가망이 없어." 목소리 하나가 내게 말한다. 내가 묻는다. "누구? 우르반 말이야?" 그러자 그 목소리가 다시 들린다. "그럼 누구겠어?" 그건 레나테였다. 그녀가 언제 내게 그렇게 말했던가. 그녀가 전화로 "그 사람을 찾지 못했어"라고 맥없이 말한 때였던 게 분명하다. 난 망설이며, "이리로 올래?" 하고 물었다. 우린 안 만난 지 오래됐었다. 이 손바닥만 한 나라에서 그렇게 피해 갈 수 있다니 참 이상도 하지. 레나테가 왔다. 우리 사이엔 어색함이 흘렀다. 대화는 힘겨웠지만, 결국 난 알게 되었다. 우르반이 자기 연구소 집회가 끝나고 그 자리에서 날카로운 비판을 받았다고, 겉보기엔 침착하게 주차장에 있는 자기 차로 가서 출발했다고 한다. 한번은 레나테가 이렇게 말했다. "그 사람, 가망이 없어." 난 무슨 말인지 알아들었지만 뭐라 하지는 않았다. 한순간 난 모든 것을 깨달았고 내다볼 수 있었다. 달아나, 아무도 못 찾게. 이것이야말로 그에게 주어진 마지막 기회란 걸 난 알았다. 레나테에 대해 내가 이전에 가졌던 호감이 느껴졌다. 그리고 그녀의 마음을 이렇게 아프게 하다니, 우르반에게는 분노 비슷한 감정이 일었다.

한참 뒤, 아주 한참 뒤에 레나테가 내게 들려준 이야기가 있다. 내가 받은 수술 중 하나를 끝냈을 때 의사인 그녀 오빠가 "네 친구, 가망이 없어"라고 말했다는 거다. 왈칵 눈물을 쏟으며 그녀는 오빠에게 소리쳤다고 한다. 이 병을 앓는 환자 중 정말로 1퍼센트만 살아난다면, 바로 나, 자기 친구가 1퍼센트가 될 거라고. 그러자 오빠가 어깨를 으쓱해 보였다고 한다. "너 좋을 대로 생각해." 어쨌든 자기는 조금 전에 열다섯살짜리 소년이 배에 화농증이 확 퍼져 죽는 걸 봤다고 하면서. 그 소년 이야기를 듣고 난 후로 이 열다섯살짜리가 내게 들러붙었다. 마치 내가 그애에게 뭔가를, 아마 그 아이의 목숨을 빚지기라도 한 듯, 자기 대신 내가 살아나기라도 한 듯.

'시간'이라는 말이 다시 의미를 가질 때를 미리 상정해보는 것.

시간이 흘러가고 묶이고 퍼져나갈 그런 때, 시간의 울타리, 시간 절약, 시간 손실, 시대, 시점, 시공간, 시간 측정, 시간 확정, 절반의 시간, 지급 기한과 같은 것이 존재하는 그런 때, 그 전과 그 후가 있고, 아침과 저녁으로 이루어진 날들, 동시성, 중간기간이 있을 그런 때, 때때로 내가 고립되고, 그러고는 다시 동시대인이 되고, 늦지 않게 자리하고, 항상 제때에 (혹은 제때 못 맞춰) 올 그런 때, 내가 여유를 갖거나 혹은 최상의 시간이라고 깨달을 그런 때, 적당한 시점을 포착했거나 좋지 않은 시점에 개입할 그런 때, 나 자신을 선사시대의 화석처럼 느끼고 새로운 시대를 믿거나 혹은 반대로 말세가 도래했다고 여길 그런 때를.

하지만 이제 태초도, 선사시대도 아무 의미가 없다. 좋았던 옛시절도 없고, 깨어 있는 현재는 더더구나 없다. 현대도, 시험의 시간도, 시간을 통해 벌어지는 사건도 없다. 내가 체험한 모든 시간은 무無시간성 속으로 가라앉고, 나의 시간은 비非시간으로 흘러간다. 수술실을 나오자마자 여자는 병원 침대와 함께 시간의 틈새로 미끄러져간다. 시간의 틈새는 창백한 여명과 환영으로 가득하지만 시간 계산 따윈 없고, 나타났다 사라지곤 하는 얼굴들도, 여자에게 들리는 목소리도 도시 구분이 되지 않는다. 적절한 때도 없고 지체되는 시간도 없다. 시간에 구속받는 사건들도 없다. 이것을 아직 체험하지 못한 사람은, 죽을힘을 다해 시간의 선을 따라 힘겹게 한발짝씩 나아가본 적 없는 사람은 이런 게 있다는 걸 믿지 않을 것이다. 좁디좁은 벽 돌림띠에 달라붙어 있는 건 팽팽한 긴장을, 바로

꼼짝달싹도 할 수 없다는 걸 의미하고, 정말이지 엄청난 에너지가
필요한 일이다. 무기력하게, 어정쩡하고 무책임하게 난 시간의 망
으로부터 빠져나갔다. 사실 무한 속에서도 많은 걸 말할 수는 있다.
네, 나 깨어났어요, 네, 아파요, 아뇨, 못 참을 정도는 아니에요. 하
지만 시간 없이 서술할 수 있는 건 없다. 서술을 나는 포기했다. 알
고, 묻고, 판단하는 서술. 주장하고, 가르치고, 이해시키는 서술. 근
거를 대고, 결론짓고, 모르던 사실을 발견하는 서술. 측량하고, 비
교하고, 행동하는 서술도 포기했다. 사랑하고, 증오하는 서술도.

　여자의 육체는 배우기를 포기하지 않았다. 여자의 도움 없이도
육체는 이 창백한 중간세계에서 배우기를 게을리하지 않는다. 몇
날 며칠이고, 몇주고 꼼짝 않고 등을 대고 누워 있는 법을 배우고,
호스로 링거병에 연결된 팔을 가만히 두는 법도 배운다. 약간 편안
한 자세를 취하기 위해 머리를 살짝 움직이는 법도 배우고, 몸의
혈관으로 흘러들어오는 액체로 영양분을 취하는 법도 배운다. 육
체는 불리한 상황에서도 생명을 유지하는 법을 배운다. 반면 뇌는,
아마도 몸을 방해하지 않으려는 것이겠지만, 활동을 멈춘다. 몸의
신호에 완전히 맡긴 채 스위치를 내린다. 기억하기, 이 한가지만 제
외하고. 아니면 어떤 식으로든 기억의 미발달된 형태들이라고 하
자. 물론 아무렇게나 내 기억의 뚜껑을 열 수 있다는 건 아니다. 무
의식의 바다, 딱딱한 흙덩이에 나는 간신히 몸을 지탱하고 있다. 바
다로 기억의 조각들이 몰려왔다 몰려간다. 부른 것도 아니고, 마음
대로 조절되는 것도 아니다. 예를 들어, 한네스가 사라졌어, 레나테

의 이 말이 아직도 귀에 맴도는 가운데 여자가 붉은색 수화기를 내려놨을 때 복도에 비치던 그 빛. 큰 방의 열린 문을 통해 복도로 떨어지던 오전의 그 빛. 그때 들었던 생각이 기억난다. 이제 그들도 들었을 거야. 그다음 생각. 어차피 그들도 알고 있을 텐데, 뭐. 그리고 마침내 든 생각. 내가 그를 찾아봐야 하는 게 아닐까? —아니, 당신은 단호하게 말했다.

끊임없이, 시시각각 내 안에서는 싸움이 일어나는 게 분명하다. 내 몸이 저 공격자들에 맞서 방어 조치를 취한다. 실험실 사람들이 그렇게도 열성적으로 이 공격자를 찾았고, 병리학자들은 이 공격자를 '슈퍼 악성'이라고 부르게 되거나, 이미 그렇게 부르고 있었다. 단지 여자한테는 아니다. 언제가 이 구분되지 않는 시간에 주임 의사가 말한다. "이제 이게 뭔지 알 것 같아요." 그러니, 실험실에서 온 소녀 둘이—하나는 키가 크고 금발이고, 나머지 하나는 키가 작고 검은색 머리카락이다—여자의 귓불이나 손끝을 수시로 찌르고 몇방울 짜내고 모으던 일이, 아니면 병동 담당의사가—입과 턱에 검은 수염 고리를 달고 있던 그 의사 말이다—나무라듯 점점 더 염려스러운 표정으로 '마침 필요하다'고 하며 피를 가득 담은 작은 관들을 여자의 정맥에서 뽑아내고 한 일들이 영 헛수고는 아니었나보다. 다만 정원을 갖고 싶지 않다던, 창백하고 키가 크고 광채 없는 수석의사가,—여자는 점차 의사들의 위계질서로 이 사람을 구분할 줄 알게 되었고, 그녀 마음에 썩 들지 않는, 바로 납득이 가지 않아하는 의심의 낌새를 그에게서 맡는다—이 수석의사가 이 말을 하지 않았더라면 그렇게 믿었을 것이다. "중요한 건, 그 약을 제때 구할 수 있느냐 하는 건데 말이야!"

이것이야말로 시간으로부터 일탈한 환자, 보호받아야 할 환자를 향한 내습이었고, 여자가 감당하기 힘든 침입이었다. '제때'란 게 무엇인지, 그리고 어디서 약을 구해야 한다는 건지. "이놈들을 고립시켜야 해요, 이 병원체들 말이에요!" 설명하기 좋아하는 병동 담당의사가 말한다. 여자가 보기에 점점 더 자주 여자의 침대 옆에 버티고 서 있는 것 같은 주임의사가 제대로 된 약을 구했을 거라 확신한다는 말을 딱 한번 한다. 사람들이 모든 방법을 강구하고 있다고.

저 사람들이 나와는 다른 땅에 살고 있다는 걸 난 부러 의식하려고 한다. 내가 누워 있는 모습을 보고 있지만 그들은 내가 실제로 어디에 있는지 알지도 못할 뿐 아니라, 상상조차 못할 거다. 그들은 이름 없는 저 강의 건너편에 서 있고, 그들 목소리는 내게 들릴락 말락 하다. 분명 내 목소리도 그들에게 미치지 않을 거다. 모든 가면, 모든 위장물을 벗어버리고, 고통을 의미하는 적나라한 진실밖에 남지 않은 순간, 난 한줄기 흡족함을 느낀다. 그러니까 이런 거구나. 바로 이걸 체험해야 하기 때문에, 어쩌면 그래서 내가 이 경계선으로 내몰린 것은 아닌지, 문득 그런 생각이 스친다. 아니면 이걸 체험하고 싶어서라든가. 그러니까 하고 싶은 것과 해야 하는 것, 그 뿌리는 같은 것이다. 이제 난 뿌리의 영역에서 움직인다. 지금은 보는 것이 중요하다. 난 본 걸 곧 잊게 될 테지.

“마취 상태에서도 말을 해요?” 여자가 침대가에 앉은 코라에게 묻는다. 코라는 무슨 말인지 알아듣는다. 이상한 소리를 한 건 아닌지. “아뇨, 꿈을 꾸는지는 단언할 수 없지만요. 정확히 경계에서 헤엄치도록, 너무 깊게 마취되지도 않고, 또 너무 얕지도 않게, 용량을 조절해보도록 할게요.” “알아요, 떠다니듯 말이죠.” 그녀는 밤을 향한 우리의 비행을 기억하지 못한다. 베를린은 잘 알지도 못하고, 어쨌거나 프리드리히슈트라세에는 한번도 가본 적 없다고, 자신은 전형적인 촌닭이라고 주장한다. 그녀에게 막 질문 하나를 하려는데, 소리가 너무 작았나보다. 그녀가 가버렸다. 인간의 행복은 뭘까? 그러자, 이 질문에 대한 슬로건이라도 되는 양 어둠속에서 얼굴 하나가 떠오른다. 젊고 매력적이고 재치가 번득이는 얼굴. 그런데 본 적 있는 얼굴이다. 내가 코라랑 같이 프리드리히슈트라세를 따라 떠다니던 저 밤에, 슈프레 강가에서 남자와 서 있다 바이덴담 다리를 건너가던 그 여인. 그런데 저건 내 어릴 적, 오십년 전, 리스베트 이모가 젊을 때 얼굴이 아닌가. 이모는 돌아가시지 않았나? 왜 이모는 우리 이웃집으로 가는 걸까? 그 집은 폭탄을 맞아 파괴됐지만 남겨진 틈새에다 아무 일 없다는 듯이 복구를 해놓았다. 난 내 앞에서 계단을 올라가는 이모를 따라간다. 왜 이 계단은 훼손되지 않았고, 잘 손질돼 있고, 붉은 양탄자가 깔린 걸까? 왜 조각된 나무 난간은 복도 창문으로 햇살이 비치자 이렇게 반짝거리는 걸까? 창문에는 갖가지 아름다운 색채로 치장한 유겐트 양식의 창이 달려 있다. 아, 아직 전쟁이 일어나지 않았구나. 난 이모인 그 젊은 여인을 쫓아 세계단 위 사층으로 간다. 이모는 소박한 병원 문패 앞에 멈춰서서 벨을 누른다. 의학박사 알폰스 라이트너. 흰색 가운을 입은 한 남자가 문을 열어준다. 두사람이 인사를 나누고, 의사가 그 젊은 여인을 정중하게 진료실로 안내하는 모습을 난 지켜본다. 이 의사에게는 간호사가 없다. 그가 여인에게 자리를 권하고 어디가 안 좋아서 왔는지 묻자, 여인은 갖가지 고통을 호소하고, 또 자신의 담당의사인 레비 박사가 마침 휴가 중이라는 말도 한다. 라이트너 박사는 자주 여인을 보았다고, 거리를 이리저리 거니는 모습을 봤다고 말한다. 시간이 많은지, 돌출 창을 통해 프리드리히슈트라세를 여기저기 내려다본다고 한다. 그는 본질적인 문제, 즉 이모가 불행하다는 걸 간파한 거다. 이제 의사가 말한다. 유대인 의사에게 오면 어려움을 겪을 수도 있단 걸 아는지. 가볍게, 몽유병자처럼 이모는 대답한다. "아, 지금까지 진료한 의사도 유대인이었는데, 뭘요. 그냥 지금 마침 휴가 중이셔서요." 젊은, 내게 젊어 보이는 라이트너 박사가 엷은 미소를 지으며 말한다. "레비 박사는 휴가를 간 게 아니에요. 다시 안 돌아올 겁니다." 하지만, 삼십대 초반으로 보이는 리스베트 이모는 대답한다. "아, 그래요? 그럼 선생님이 저를 진료하면 되겠군요. 안 그래요, 박사님?" 그러자 라이트너 박사가 정중하게 말한다. "부인이 원하신다면요." 리스베트 이모가 "네, 원해요" 하고 말한다.

확실한 근거를 갖고 내 눈앞에 펼쳐진 이 장면, 위험하기 짝이 없는 한쌍의 연인을 보니, 이제 난 충분히 그럴 만한 이유로 땀을 흘린다. 이건 두려움의 땀이다. 저 이웃 여자가 아리아인을 더이상 진료해서는 안되는 유대인 의사 라이트너 박사와 같은 층에 살고 있기 때문이야. 그 여자는 기다린 끝에 박사를 만나, 길거리에서 끌려다닌 한 유대인에 대해 알려준다. 그 유대인의 목에는 패가 걸려 있었다고. 난 독일 여자와 간음했다. 박사님도 알고 계신지. 라이트너 박사는 여전히 정중한 태도로 대답한다. "상상이 갑니다." "하지만, 그럼……" 수십년이 지나 내가 그에게 말한다. 박사는 더이상 삶에 연연하지 않는다고 말한다. 하지만 리스베트, 우리 이모 리스베트는 아무리 경고를 해도 한 귀로 듣고 다른 귀로 흘려보낸다고. "이모는 너무나 행복했어요. 이해하겠어요?" 거의 난처해하는 듯한 그의 미소. 어쨌든 저 이웃 여자는 그들을 밀고하지 않았다고 한다. 땀이 비 오듯 하는데—다시 밤이 된 건가? 잠이 들었던 걸까? 지금 내가 자고 있는 건가?—난 상상해보았다. 중이층에 사는 이모. 같은 집 사층에 사는 라이트너 박사. 그에게 음식을 가져다주느라, 또 내가 들은 대로 케이크도 날라다주느라 계단을 오르락내리락하는 모습. 오싹 소름이 돋는다.

이제 주임의사가 여러번 왔다 갔다 하더니 다시 와서는 '진원지'를 이제 처리한 것 같다고, 열도 더는 그리 높지 않지 않다고 단언한다. 여자는 그 모든 것에 대해 고개를 끄덕이고 그의 말에 동의하며 그녀 자신도 '그리 나쁘지 않은' 상태라고 말한다. 그다지 만족스러운 것 같지 않지만 주임의사는 고개를 끄덕이더니 나간다. 그건 그렇고, 매일 아침 어김없이 이른 시각에 일어나는 엘비라의 등장을 여자는 시간이 존재하지 않는 그녀의 현재에서 휴지부로 삼을 수도 있을 것이다. 하지만 이제 여자는, 자신이 깨어나서 엘비라를 몇번이나 보았는지 기억하지 못한다. 엘비라는 자기 일정대로 움직였고 매번 모든 대상을 뚫어져라 훑어봤다. 그녀가 자기 약혼자 얘기를 한 게 처음 봤을 때이던가 아니면 그후—어제나 오늘—던가? 약혼자와 집에서 한방을 쓴다고, 맛난 저녁식사를 마치고 함께 텔레비전을 보며 저녁을 보낸다고 했는데. 그러다가, 갑작스럽게, 매번 사람 놀라게 그녀는 여자의 손을 덥석 쥔다. "그럼 갈게요. 얼른 나으세요, 네?"

일년 중 가장 날이 길어지는 때인데도—어쨌든 당신은 그렇게 주장하지—그러고 나서야 날이 밝아온다. 우연히 알게 된 사실이지만, 다시 주임의사를 만나고 나서부터 당신은 날씨가 변덕스럽다는 둥—오는 도중에 날씨가 얼마나 거칠던지!—강수량이 부족하거나 넘치는 바람에 농사에 손실이 있다는 둥, 그런 얘기나 늘어놓을 수 있게 된 것처럼 보인다. 그러니 당신네 두사람이 내 상태를 설명할 때 같은 어휘를 사용하는 것도 이상한 일은 아니다. 조화롭기를 너무도 간절히 소망하는 나로서는 이 똑같은 소리를 좋은 뜻으로 느낄 수밖에. 당신은 창가로 가서 밖을 내다보고 전망이 좋다고 한다. 그러고 보니 몇발짝 창가로 걸어가서 거기서 전망을 즐길 수 있다는 걸 난 생각조차 못했다.

그다음에 엘비라를 봤을 때는, 내 꿈에 나오는 환영들 중 하나가 내 눈앞에 있는 건 아닌가 싶을 정도였다. 내 꿈속 세계는 여전히 매번 우리 집 계단실을 무대로 선택한다. 챙 없는 청록색 모자를 쓴 발루셰크 부인도 매번 나타난다. 당신이 '말도 안된다'고 한 그 여자가, 이 돼먹지 못한 짓거리를 좀 보라고 내게 다그친다. 현관문 뒤 지린내 나는 커다란 웅덩이를 두고 하는 말임을 난 알고 있다. 안됐지만 부인은 이제 그걸 씻어내야 한다. 비록 부인이 쓴 소독약이 웅덩이에서 나는 악취보다 더 심한 냄새를 풍기고, 부인에게 이런 모욕을 가한 자들이 꼭 사층에 사는 비사회적인 사람들일 거라는 데 마음을 다해 동의할 수 없긴 하지만, 고생하는 부인을 보니 진정 꼭 나쁘게만 볼 수도 없다. 혹시 '아드리아'에서 나온 술 취한 양반들이 출입문이 망가져서 잠가놓지 않은 복도를 공중화장실로 사용한 건 아닐까, 부인에게 조심스레 말을 꺼내본다. 괜히 깝죽대다 그동안 계획적으로 온갖 아첨과 잘 보이려는 노력으로 얻어낸 부인의 호의를 잃고 싶진 않다. '케르베로스, 저승 문을 지키는 개 같아.' 그렇게 생각한 난 우리에게 오는 방문객을 계단에서 쫓아내도 뭐라 하지 않는다. 우리가 집에 없다고 했다나! 속으로 난 이런 뻔뻔스러운 짓에도 좋은 점이 있다고 생각했다. 발루셰크 부인이 쫓아낸 사람들 중 몇몇은 모르는 사람들이었을 수도 있으니까. 매일 낮, 거의 매일 밤, 우리 집 초인종을 눌러 내게 두꺼운 원고를 건네주거나 종종 도저히 해결할 수 없어 나를 우울하게 만드는 문제들을 늘어놓는 그런 사람들. 어느날 저녁 초인종을 울린 그 새파랗게 젊은 남녀의 경우는 정말 견디기 힘든 경험이었다. 그들에게 다시 복도로 나가달라고 하고, 그런 다음 뭔가 비뚤어진 깡마른 젊은 남자의 말을 오랫동안 들어주는 일이란. 그는 단지 나한테 욕하기 위해 온 사람이었다. 어수룩한 팸플릿이 든 자신의 편지를 자기 누이가 내게 가져왔었는데, 그에 대해 내가 정부에 대항할 행동을 촉구하지 않고 너무 온건하게 답했다는 게 이유였다. 처음에는 나는 친절하고 이해심을 가득 발휘해 대답했고, 그 사람은 화나고 경직되고 약간 심술궂은 표정으로 계속해서 아래를 내려다보며 고집을 꺾지 않았다. 그러는 동안 여동생은 놀란 눈을 치켜뜨고 그를 바라봤다. 결국 난 태도를 바꿔 좀더 퉁명스럽게, 더 날카롭고 공격적으로 그에게 물었다. 당신 생각으로는 내가 무엇을 했어야겠느냐고. 존재하지도 않는 운동의 선두에 서서, 그로 인해 감옥에 가게 될지도 모를 사람들을 다시 불러모아야 하겠느냐고. 아마 당신이랑 당신 여동생도? 그러자 그 남자는 경멸하는 말투로 나를 비겁하다고 비난했고 곧 거의 경악하더니 사과했다. 하지만 난 계속해서 억지로 화를 내며 그와, 반항기 있기로는 마찬가지인 여동생을 문밖으로 내보낼 기회를 놓치지 않았다. 여기 이 갱도까지 나를 쫓아다니는, 정말 다시 없을 일이었다. 이 갱도에서 빠져나갈 출구를 난 아직도 찾지 못했다. 그런데 여기가 너무 추워져서, 여자는 갑자기 시시각각 떨다 몸을 흔들기 시작한다. 침대가 삐거덕거리고 이가 부딪힌다. 황급한 벨 소리에 마침내 에벨린 간호사가 문에 나타나 소리친다. "어머나, 사시나무 떨듯 떠시네. 오한이 나나봐!" 그녀가 사라지고 이번에는 크리스티네 간호사가 한걸음에 달려와 옆자리 빈 침대에서 이불을 끌어와 내 위에 덮고 꽁꽁 싸매더니 어깨를 누른다. 하지만 난 달달 떨고, 오한으로 몸이 흔들리고 뒤틀린다. 이건 내가 여기서 겪은 일 중 최악이다. 가만있을 리 없는 상처도 다시 몹시 고통스러워지고, 그러지 않아도 자제하느라 힘겨웠는데, 이제 자제라곤 없다. 사지가 제멋대로 논다.

정상적인 상태라면 결코 여자는 자신이 그렇게 처신하도록, 그렇게 발작적이고 무절제하게, 그렇게 불손하고 기이하게 처신하도록 내버려두지 않았을 것이다. 여자는 더는 알아듣게 말할 수 없다. 떨림과 흔들림이 그녀의 언어기관에도 엄습한다. 심지어 여자를 잡으려 하는 크리스티네 간호사에게도 옮아가, 간호사의 몸도 덩달아 같이 흔들린다. 하지만 에벨린이 급히 데려온 병동 담당의사가 몹시 진지한 얼굴을 하고 있는 걸 보니 우스운 광경 같지는 않다. 이러고 있은 지 얼마나 되었는지 그가 궁금해한다. 크리스티네 간호사는 마지막 십분에 대해서만 알고 있다. 그녀 자신은 몹시 떨고 있어 시간 감각이 없다. 시각을 알려고도 하지 않는다. 갑자기 에벨린 간호사가 그녀라고는 믿지 못할 속도로 산소병을 밀어 넣고, 의사가 떨고 있는 여자 얼굴에 민첩하게 마스크를 씌우고는 숨 쉬라고 명령한다. 리듬을 매겨주니, 정말로 점점 흔들림이 잦아든다. 떨림이 약해지자, 크리스티네 간호사가 여자를 놓아주고 여자 입에다 체온계를 쑤셔넣는다. 믿기지 않는 체온을 보고는 의사가—그 사람 이름은 크나베 의사이다—한마디 한다. "아니, 이럴 수가."

이제 여자는 모든 책임을 완전히 내려놓았다. 아니면, 어쨌든, 책임을 박탈당했다. 주임의사가 아직도 여자를 만날 수 있다고, 그래서 저토록 망설이며 신중하게—그런데 의사는 여전히 초록색 수술실 복면을 하고 있다—여자에게 다음 조치를 준비시킬 수 있다고 생각한다면, 그건 오산이다. 여자가 또 컴퓨터단층촬영을 해야 한다고? 새로운 종양이 생겼는지 그냥 믿을 만한 정보가 필요하다는 거다. 생겼으면, 어디에? 왜 저렇게 소심해 보이는지. 자, 마음대로 하시구려.

몹시 교만한 마음이 나를 사로잡는다. 얼핏 떠오른 생각은, 누군가 내 목숨을 노린다는 거다. 최근 온갖 과장된 생각들을 잊은 것처럼 이 생각도 잊게 되겠지. 지금 나더러 일을 더 하라고 하지는 않을 테지. 누군가 나를 향해 히죽거린다. 결코 이런 생각들을 주임의사에게 보여줄 수는 없다. 지금 우리는 범죄소설에 나오는 사람들은 아니지 않은가. 사랑하는 당신, 당신에게도 이런 터무니없는 문장을 말하지 않을 거다. 정말이지 당신에게만은 하고 싶지 않아. 이제 나도 당신에게서 주로 날씨에 대한 문장, 해와 비가 들어간 문장을 기대한다. 구름이 아름답고 독특한 무늬를 만들어내고 곳에 따라 대지에, 또 분명 호수에도 비를 내려보내는 모습을 내 침대에서도 볼 수 있으니. 더구나 당신은 호수를 지나오잖아. 심지어, 반으로 나누어진 어떤 댐도 지나오고. 호수 오른쪽 절반에는 소나기가 내리는데, 왼쪽 절반은 햇살이 눈부신 광경이 너무나 기묘하다는 당신 말을 난 믿는다. 그 색깔들이란, 하고 당신이 말한다. 그래, 하려고 들면 얼마든지 상상할 수 있다. 혹은 내가 할 수 있다면.

그런데 덜거덕거리는 소리가 다시 시작되었다. 내 내면의 무대에서 다시 투쟁과 학대가 일어나고 있다. 이제 난, 그것이 지난번에 멈추었을 때, 충분히 고마워하지도, 응당 즐겨야 할 것을 즐기지도 못했다는 것을 말해야겠다. 사실 나의 무시간성 속에서는 멈춘다는 걸 상상할 수 없지만, 다음번에는, 다시 한번 멈추고 다음번이란 게 있다면, 감사하며 난 고요함에 젖어들게 될 것이다. 분명한 건, 이 현상에 대해서도 난 주임의사에게 말할 수 없다는 거다. 만약 무언가가 누가 봐도 명백하다면, 그러면 중요한 일들에 대해서 아무 말도 할 수 없게 된다. 마침내 당신이 이걸 알아챌 수 있기를, 하고 난 혼잣말을 한다. 이 최후의 통찰로부터 결론 내릴 수 있기를, 마지막 결론의 이름이 무엇인지, 또 그게 무슨 의미인지 당신이 다시 잊지 않기를. 결론은 '이름'이 없다. 명명하기, 이름, 단어 따위를 회피하는 데 바로 결론의 본질이 있으니. 그것들이 잘못된 거라는 거다. 그러니 난 요란한 쇳소리와 희생자의 비탄 속에서 말해두어야겠다. 말에 중독된 내 방식대로, 단어들이 필요하다는 생각이 또다시 들 때면, 적어도 난 그 단어들이 잘못된 거라는 걸 알고 그걸 고백해야 해야 할 것이다.

다시 나타난 주임의사가 이번에는 자기가 옆에 있을 거라고 한다. 이제 하얀색 옷을 입고 있다. 그게 내게 위로가 될 거라고 그가 믿는다면 그건 틀린 생각이 아니다. 뭘 더 마시지 않아도 되고, 조영제 주사 따위는 이번에는 필요하지 않다고 그가 다짐한다. 난 몇 번이고 고개를 끄덕인다. 하지만 여전히 정체를 모르는, 내 복강의

증상에 대해 그가 미안해할 필요는 없다. 부득이한 경우, 나를 무력화하려는 내 육체의 술수에 대해 그에게 뭔가 얘길 들려줄 수도 있을 것이다. 아직 끝까지 알지는 못하고, 또 알고 싶지도 않지만, 난 어떤 구속으로부터 벗어나야 하는지 막연히 예감하고 있다. 난 내 마음의 부담을 덜어주기로 한다. 결국 모든 게 좀 지나쳤어. 수치스러운 생각이지만, 그 모든 것에도 불구하고, 시간의 그물망으로부터 내동댕이쳐지는 것도 나쁘지는 않다. 여기 이 땅에서는 누군가를 책임질 일이라곤 없으니. 시간에 대한 압박이 다른 사람들에게는 있나보다. 마르고트 간호사가 지금 시간에 대한 압박을 느끼는 것 같다. 서둘러, 서둘러서, 또다시 축축해진 셔츠를 한번 더 갈아입힌다. "아휴, 정말이지, 몸에 물기라곤 얼마 남아 있지 않겠어요." 서둘러, 서둘러서, 하지만 능수능란하게 간호사는 복도와 엘리베이터로 내 침대를 밀고 간다. 그녀는 길을 잘 알고 있다. 위협적으로 오렌지빛으로 깜빡이는 컴퓨터 괴물들이 지하세계에서 정처 없이 헤매고 다니는데도 겁먹지 않는다. 간호사가 결의에 찬 어조로 말한다. "자, 똑바로 해!" 그러자 괴물들이 멈춰선다.

그녀가 잊지 않은 내 진료 차트가 침대 발치에 놓여 있다. 마르고트 간호사는 정말 일을 잘하는 사람이다. 이제 그녀는 탁자 위로 나를 들어올리는 일을 돕는다. 사람들은 곧 탁자 위에 누운 나를, 양손을 머리 위로 한 채, 단층촬영용 좁은 통으로 밀어넣을 테지. 주임의사가 와 있다. 약속을 지켰다. 이제 무얼 하는지 그는 다시 한번 내게 설명해준다. 그 곁에는 머리가 약간 세고 말끔하게 이발을 한 다른 의사 한명이 서 있다. 납 앞치마를 두른 그 사람을 사람들이 소개해준다. 파티에서 만나기라도 한 양, 그가 내게 손을 내민다. 그러니까 그도 역시나 주임의사란다. 방사선과 주임의사. 그도 내 옆에서 자리를 지키게 될 것이다.

이 또한 좋은 소식이지 뭔가. 이제 난 절대 투덜대지 않을 테고, 다시금 유리창 저 너머에서 내리는 명령을 얌전히 따를 거다. 숨 쉬어라, 숨 참으라 내게 명령하는 게 전의 그 젊은 여자 목소리인 것 같다. 이 통 속에서의 방사능 노출 위험은 다른 엑스레이 기구에서보다 훨씬 낮다고 한다. 그냥 소량의 방사선이 나올 따름이다. 그렇지 않고서야, 아무리 납으로 보호받는다지만 의사가 그 안에 같이 있을 수야 없을 테지. 의사는 심지어 통의 다른 쪽 끝에서 잡을 데를 찾아 허우적대는 내 손을 잠시 잡아주더니 손을 얹을 가죽 쿠션을 가져다준다. "더 나아요?" "훨씬 나은데요." 이번에는 어깨관절을 삐지도 않는다. 거의 편안한 마음으로 이제 난 숨을 쉬고 참을 수 있다.

난 내가 잘할 거라 믿어. 배울 만큼 배웠는데, 뭐. 옛날에, 그러니까 젊을 때—여자도 언젠가 젊은 시절이 있지 않았겠는가—처음에는 자주, 나중에는 점점 간격을 두고 여자의 몸을 방사능에 노출시켰다. 검사용이라고 했다. 검사를 받던 건물이 아직도 눈에 선하다. 밖이나 안이나 쩍쩍 금이 간 낡고 오래된 건물. 돌계단에다, 벽에는 더러운 기름이 배어 있고, 닳아빠진 리놀륨이 깔려 있었다. 대기실을 나누는 나무 벽에는 미닫이창이 나 있었고, 벽 뒤에서 부르는 소리가 나면 사람들은 내 기록 카드를 찾았다. 혼응지를 사용해 거대한 방을 칸막이로 나누어놓았다. 대기용 칸막이 방, 탈의용 칸막이 방, 그러다 기구들이 있는 방이 나왔다. 언제 적 물건인지. 그 차가운 판에다 여자는 가슴을 누르고, 숨 쉬고, 숨 참고, 다시 숨 쉬기를 반복해야 했다. 늘 뭔가 불안한 마음이 들었다. 오늘날에는 불안의 찌꺼기라 부를 법한. 여자가 다시 거리에 서면 어리석게도 안심이 되었다. 소견 없음.

그런 검사를 받고 난 어느날, 여자는 우연히 레나테와 마주치지 않았던가? 지금 생각해보니, 그녀는 당황했던 것 같다. 늘 그렇듯 레나테는 내가 어떻게 지내는지 물었다. 실제로는 관심도 없으면서. 낙후된 아스팔트와 망가진 인도가 있는 길고 흉측한 거리를 따라 우리는 학교 쪽으로 걸어갔다. 조심스레 내가 캐묻기 시작하자, 마침내 레나테는 죄라도 지은 사람처럼 머뭇거리며 말했다. 지금 우르반과 '살림을 차렸다'고. 난 웃지 않을 수 없었다. 우리 모임에서 안 지 오래된 사실인데, 왜 그녀는 저토록 불행한 얼굴을 하고 있는 건지. 불행하다고? 깜짝 놀라서 그녀가 물었고, 이제 불행하기만 한 게 아니라 죄의식도 느끼는 것처럼 보였다. 레나테는 눈에 띄는 얼굴은 아니었지만 매력적이었다. 하지만 그녀 자신은 스스로를 매력 있다고 여기지 않았고, 거의 모든 여자애를 손에 넣을 수 있었던 우르반이 하필 자기한테 은밀히 접근하는 걸 이해하지 못했다. 우르반은 자기 나름의 이상한 방식으로 그녀에게 접근했다. 그러니까 그는 레나테를 이전보다 더 자주, 그리고 다른 사람들을 비판하는 것보다 더 많이 비판해서, 그렇지 않아도 불안한 그녀를 불안함으로 거의 사라질 지경으로 만들어버렸다. 한번은 레나테가 거의 울먹거리며 전체 집회에서 뛰어나갔고 내가 그에게 뭐라고 하자, 그는 다만 점잖게 머리를 앞으로 숙이고 물었다. 왜? 자기가 레나테에게 뭐 공정치 못하게 행동한 거라도 있느냐고. 그녀를 불공평하게 대한다고 혹시 내가 생각하는지. 사적인 것과 정치적인 것을 구분할 수 있지 않느냐고. 난 그렇게 생각하지 않았다. 난 내가 느끼는 불쾌감을 뭐라 표현해야 할지 몰랐다. 말하자면 우르반은 방금 전 레나테가 사적인 대화에서 한 이야기를 상부에 보고해야 하지 않나 생각했다는 거다. 그녀는 오더나이세 국경을 당연히 인정하면서도 여전히 자기 고향인 슐레지엔을 잊지 못한다고 했다. 인식에 비해 그녀의 감정이 쩔뚝거리며 뒤따라온다고, 그렇다고 수치스러운 일은 아니라고 우르반은 말했다. 레나테에게 스스로를 연마해야 한다고 말하는 게 뭐 그리 나쁜 일이냐는 거였다. 레나테는 아무 말도 하지 않았다. 이런 평가에 동의하는지 묻자, 그녀는 고개를 끄덕였다. 그것도 아주 창백한 얼굴로. 그녀가 먼저 자리를 떴다. 내가 기억하기로, 우르반에게 내가 이렇게 말했던 것 같다. "레나테한테 신경 좀 써." "좋아." 그가 즐거운 듯 말했다. "내 명예를 걸고서라도!"

"여보세요, 여보세요, 우리 페이스를 놓쳤어요." 그건 그녀도 알아챘던 바다. 여자가 잘못 호흡했다. "괜찮습니다" 하며 납 앞치마를 두른 의사가 다시 여자의 손을 잡는다. "좀만 있으면 어차피 쉴 텐데요, 뭐. 벌써 많이 했어요." 이제 쉬는 시간이라고? 그럴 리가. 다시 여자가 잘못 호흡한다. 또 한번의 실수. 창 너머 젊은 여자의 목소리가 인내심을 잃는다. "다시 한번요!" 목소리가 말한다. "지금요!" 그러자 잘된다. 쉬는 시간 후에도 잘된다. 사람들이 여자를 잠시 통 밖으로 밀어내주고, 팔을 마음대로 움직이게 하고, 대충 얼마나 더 걸릴지 일러줬다. 또 한번 그렇게나 오래 하다니. 정말이지 상상조차 할 수 없었다. 사람들은 자기가 생각하는 것보다 더 오래 견디는 법이지, 우리 할머니는 그렇게 말씀하셨다. 사람들은 나보다 더 잘 견딘다.

그런데 초창기의 우르반에 대해 이야기할라치면, 그에게 값싼 저주를 퍼붓지 않도록 특히 조심해야 할지도 모르겠다. 야, 이 배신자야, 넌 우리 손안에 있어! 하지만 그는 우리 손안에 있지 않았다. 이 문장은 이제 치명적으로 이중적인 의미를 지닌다. 우리는 그를 완전히 장악한 적이 한번도 없었다. 늘 우리의 판결을 피해갔다. 하지만 레나테만큼은 그가 제대로 옥죄었던 모양이다. 더이상 놓아주지를 않았다. 레나테는 그로부터, 그와 더불어, 자신이 뭘 원하는지, 뭘 원하기는 하는지, 아무것도 몰랐다. 그런 상태로 갑작스럽게 "네" 하고 말한 거다. "어떻게 그렇게 되었는지 나도 모르겠어." 그녀가 내게 말했다. 우린 광장에 서 있었다. 진열장에는 최고급 모피가 진열되어 있었다. 우린 진열장 앞에 서서 안을 들여다봤다. 값비싼 모피코트만큼이나 멋진 달을 진열장에 들여놓을 수 있으면 좋으련만. "그렇지만 너 그 사람 사랑하잖아?" 절망적으로 내가 말했다. "잘 모르겠어." 그렇게 말하는 레나테는 지쳐 보였다. 우르반이 이렇게 수수하지만 예민하고 정숙한 여자를 찾았다는 걸 알아야 한다. 이런 애라면 사람에게 나쁜 짓이라곤 할 줄 모르는 법이지.

"자, 됐습니다." 납 앞치마를 두른 의사가 말한다. ─그녀의 머리 옆에 바짝 다가와 서자, 여자는 그가 그리 젊지 않은 사람임을 알게 된다. 꼭 끼는 모자 모양으로 백발을 이발했는데, 그게 그를 젊어 보이게 한다. 그의 피부가 갈색으로 그을린 걸 보니 밖은 여름인가보다. 그가 여러 호수 중 한곳에서 보트를 타는 모습이 상상된다. 두개의 깊은, 그리 안 어울리는 것도 아닌 주름이 콧방울에서 입가로 흘러내린다. ─"자, 됐습니다, 오늘은 이만하죠." 그는 여자가 자기 침대로 건너오는 걸 도와주고는 작별인사를 한다. 심지어 몸을 숙여 인사까지 한다. 파티는 끝났다. 가며 한마디 덧붙이는 말. "정말로 몸 상태가 안 좋으세요. 하지만 진전이 있을 거예요. 치료약이 있고, 우린 그걸 찾게 될 겁니다."

그건 여자가 듣고 이해할 수 있는 말이 아니다. 그가 그걸 왜 모를까. '몸 상태가 안 좋다'라는 건 무슨 말이며, '진전이 있을 것'이라는 건 또 뭔 말인가. "날이 길어지면 사람들이 말이 많아지네요." 마르고트 간호사가 말한다. 하지만 위 부위에 불쾌감은 없다. 아주 서서히 잦아든다. 작은 라디오도 별 도움이 못된다. 올드 뮤직 시간은 아직 멀었다. 환자들의 열이 오르기 시작하는 늦은 오후면, 라디오의 모든 채널에서는 그들이 '정보'라고 부르는 것을 내보낸다. 여자가 페스트처럼 두려워하고, 대개 어지간히 끔찍한 몇마디 첫 문장을 듣자마자 꺼버리게 되는 그런 정보. 어디서 배가 침몰했는지 여자가 처음에는 못 알아듣는다. 홍수에 희생자가 몇명인지도. 빈에서 이루어지는 핵미사일 협상 소식을 여자에게 어떻게든 알려주려 하지만, 그것도 먹혀들지 않는다. 광기 어린 주제로 협상을 벌이거나 어떤 부류의 '정상들'이 회동하는 도시들은 죄다 여자에게 이 지구 상에서 가장 추상적인 장소가 된다. 어쨌든 관광 마차 같은 걸 타고 지나갈 수 있는 그런 곳은 아니니. 여자는 열이 얼마나 높은지도 알고 싶지 않다. 마르고트 간호사가 '진정제' 주사를 가져왔을 때 여자는 묻지도, 저항하지도 않는다. 여자가 주사약을 견디지 못한다는 걸 두사람은 안다. 더 약해질 수는 없으니까. 여자의 정맥 속으로 끊임없이 떨어지는 '영양제' 방울이 약간 효과가 있거나 아마도 이미 효과를 거두었던 게 분명하다. 주임의사가 여자를 '재건'한다고 약속하지 않았던가? 여자가 아무런 눈치도 채지 못하는데 그녀의 세포 속에서 재건이 활발히 일어날 수는 없지 않는가?

재건하세, 재건하세. 이 노래를 아는지 내가 검은 여인에게 묻는다. 내가 머문 여러 현실들 중 어디인지, 내 내면의 무대인지 바깥 세계인지 모르겠지만, 그 여인은 다시 침대가에 앉아 다른 의사들처럼 불행한 얼굴을 감추려 한다. 주임의사나 키 크고 창백한 수석 의사—이 사람, 내 담당의사들 중 제일 속을 알 수 없고 사무적인 사람이다—처럼 그렇게 잘 숙달된 기술은 아니지만. "아뇨." 코라는 이 '재건 노래'를 알지 못했고, 별로 관심도 없다. 그녀는 내 이

마에 손을 대고 맥박을 재며 말한다. "또 그러네요!" 하지만 그녀가 내일 아침에 다시 나를 잠들게 할 거라는 건 내가 모르는 사실이다. 그녀가 깜짝 놀라지만, 이제 사실을 숨길 수가 없다. 하지만 내가 그걸 알고 있단 걸 주임의사가 눈치채게 해서는 안된다. 그런 걸 내게 알려주는 일이야말로 그 사람 소관일 테니. 이 사람 어딘가에서 지체하고 있나보다. 의사들 간에 주임의사 자세, 수석의사 자세, 의사보 자세란 게 있어야 하는지, 있기나 한지 내가 묻는다. 코라가 살짝 웃지만, 어수선하다. 하지만 난 입이 근질거려, 내 머리를 떠나지 않는 문제에 그녀를 끌어들이지 않고는 못 배긴다. 내가 처한 이 모든 상황이 벌받는 거라 생각할 수는 없는 건지. 그러자 그녀가 왈칵 화를 낸다. "무슨 벌요!" 흥분해서 그녀가 소리친다. "대체 무슨 생각을 하고 계신 거예요!" 코라가 소리쳐 내 내면의 무대에도 울릴 정도다. 그래, 난 대체 무슨 생각을 하는 걸까?

재수술을 받아야 한다고 내게 말해주느라 주임의사가 저토록 쩔쩔매며 신중하게 어휘를 선택하는 걸 보면 그는 대체 무슨 생각을 하는 걸까? 단층촬영 결과가 그러했다고, 하지만 지금이야말로 진원지가 어딘지 정확히 안다고, 거기에 어떻게 접근할지도 알고, 수술할 때 컴퓨터 모니터를 주시하며 그에 따르게 될 거라고, 정말이지 호사스러울 정도라고, 그런 어휘들이 그의 머리에 떠오른다. 여자는 매번 네, 네, 하고 말한다. 그가 딱하다. 하지만 그는 사무적인 표정을 짓고, 다만 갈 때 잠시 자기 손을 여자 손에 놓고는 살짝 누른다. 그러자 여자 눈에서 눈물이 터져나올 것 같다. 아니면, 마르고트 간호사가 표현했듯, '모든 걸 원점에서 시작해서'인지도 모르겠다.

마침내 이 사태에 딱 들어맞는 단어 하나가 떠오른다. 중독. 난 중독되었어. 내게 필요한 건 해독제, 정화, 하제下劑야. 새롭게 발견한 사실. 그렇게 뒤늦게 알게 되다니 이상한 일이다. 이 사실을 알기까지 그토록 힘겨웠다는 것도 이상하고. 중독 자체보다 더 힘들었으니. 일찌감치 감염됐던 것 같다. 몇십년 잠복기를 거쳐, 지금은 심각한 질병으로 치료가 시작된 거다. 병명을 명명하는 일만 남았다. 명명되고 추방되고. 내가 이 말을 어디서 들었을까?

주사를 맞고 난 밤은 엉망진창이다. 메스꺼움이 다시 일어나고, 몇분마다 누군가 그녀를 살핀다. 그러다 어느새 여자가 잠이 든다. "완전히 정신을 잃었네!" 한밤중에 위협적으로 그녀에게 최종 통보된다. 그렇게 말한 사람이 있는 거다. 나머지 일들도 여자는 죄다 알고 있다. 엘비라, 양철통 덜거덕거리는 소리, 맥없는 손 잡음. 여자를 굉장히 힘겹게 하는 씻는 과정, 작은 면 두건을 쓰고 진정제 주사기를 든 크리스티네 간호사. 그녀가 말한다. "자, 우리 한번 더 저 사람들에게 친절을 베풀어볼까요? 그러려면 야단법석을 부리지 말아야죠. 그게 더 나아요." 그녀의 곱실곱실한 금발이 얼굴을 우아하게 감싸고 있다. 그녀는 환자를 손수 수술실로 밀고 간다. 이번에는 다른 간호사가 대기실에서 기다리고 있다. 나데주다 간호사. 이 간호사도 그녀와 얘기를 나누려고 하지만, 독일어가 완벽하지 않아서 좀 어려움이 있다. 그녀는 레닌그라드 출신이고, 결혼해서 여기 정착했고, 남편은 엔지니어라고 한다. 나데주다는 등을 돌리고 주사기를 벗겨낸다. 나데주다는 희망을 뜻한다고 환자가 말한다. 그녀가 그걸 알고 있어서 간호사가 기뻐하는 것 같다.

주임의사가 와서, 이번에는 옆에서 진원지로 다가갈 것이고, 그러니까 두번째 절개가 있을 거라고 알려준다. 여자는 이 남자가 무척 양심적이라고 생각한다. 여자가 코라에게 이걸—혀가 평소처럼 잘 움직이지 않아 살짝 혀가 끼어서—말하자 그녀가 마스크 아래에서 다시 조금 웃은 게 분명하다. "가끔 웃는 모습을 볼 수 있는 건 당신밖에 없어요." 여자가 코라에게 말하자, 코라가 정색을 한다. 초록색 옷을 입은 세명의 의사가 수술실 탁자에 양손을 들고 말없이 서 있다. "영접위원회 같네요." 여자가 놀리듯 말한다. 오늘 누군가를 웃기는 데는 영 젬병이다. "시작합시다." 수석의사가 말한다.

어둠속으로 가라앉지 않는다. 무의식이 점차 나를 삼키지도 않는다. 이쪽에서 저쪽으로 넘어가는 경계도 없다. 여기 있음과 거기 없음만 있다. "무슨 일이죠?" 내가 코라에게 묻는다. "내가 정신이 없는 동안 무슨 일이 벌어진 거예요?" 그녀가 말한다. "우리도 몰라요. 정말로 모르겠어요. 우린 뇌를 육체로부터 분리하죠. 뇌가 자신에게 들어온 감각을 기록하는 걸 방해한다는 말이에요. 더는 우리도 몰라요." "그럼 잔존 위험은요?" 내가 묻는다. 그녀는 말이 없다. 수석의사가 말한다. "잔존 위험은 물론 있습니다." 이번에는 마지못해, 주임의사가 한마디 한다. "최소한이죠." 그는 내가 무슨 말을 듣고 싶은지 가장 정확하게 알고 있는 것처럼 보인다. "죽을 확률도 그런가요?" 내가 묻는다. 그러자 주임의사가 끝내 실토하고 만다. "그건 우리도 몰라요." "어떤 뇌와의 연결을 끊는 거지요?" 내가 코라에게 묻는다. "물론 고등동물 포유류의 뇌겠지요. 파충류의 뇌는 아닐 거 아니에요?" "그렇다면, 뇌가 계속해서 받아들이는 자극을, 방해받지 않고, 내 몸의 해당 지역으로 전달할 수도 있지 않아요? 그리고 내가, 예컨대 나만 말이에요, ─다시 야간당직을 서고 내내 한가해 보이는 코라에게 내가 말한다─나 자신을 파충류로 느낄 수도 있는 거잖아요? 이런 경험 중 어떤 것도 일체 내 의식적 삶으로 가져오지 않고서 말이에요. 하지만 누가 알겠어요? 혹시 내가 점점 더 자주 공룡처럼 느껴지는 이유가 여기 있는 건 아닐까요?"

코라가 다시 미소를 지어 보인다. 그렇다고 우월감에서 나온 그런 미소는 아니다. 불을 켜지 않은 터라, 방 둘림띠에 있는 네모난 램프만이 한줄기 희미한 불빛을 던지고 있다. 창가 커튼은 반 정도 쳐져 있다. 구름의 그림자가 거의 다 차오른 달을 지나간다. '그대 다시 수풀과 골짜기를 채우는구나.' "이 시 알아요?" 내가 코라에게 묻는다. "우린 학교에서 시라곤 하나도 배우지 않았어요. 선생님이 정말이지 형편없는 분이었어요." 난 시 없는 코라를 상상하지 않았음을 깨닫는다. 그녀를 달리 생각해야겠다. 그녀는 내내 몇번이고 내 몸 곳곳에 손을 대보았는데, 손이 닿으면 한결 기분이 좋다. 미지근한 물로 적신 수건으로 내 얼굴을 닦아주고, 이불을 돌돌

말아서는 발꿈치에 받쳐주었다. 발꿈치도 슬슬 아프기 시작했던 거다. 사실 며칠 전부터 아팠지만 그러려니 했다. 코라는 조용히 자리에 앉아 내 팔 위쪽에 손을 올려놓는다. 다시 그녀가 미소 짓는 모습을 상상하며 내가 졸린 채 말한다. "그런데 내 딸뻘쯤 되잖아요?" 그녀가 말한다. "왜 '그런데'예요?" 그때 그녀의 작은 호출기가 찌륵찌륵하고, 그녀는 나지막이 곧 간다고 대답한다. 그러고는 이제 가야 한다고, 편안한 밤이 될 거라고 내게 말한다.

나의 잠을 지켜주는 밤의 여인, 달의 여인, 코라, 그녀는 달의 시를 알아야 해. '마침내 내 영혼을／모두 풀어놓는구나.' 풀다(뢰젠), 분리하다(압뢰젠), 용해하다(아우프뢰젠). 신비한 힘이 들어가 있는 말이 저 위로, 저 아래로 나를 지고 간다. 심연 속으로. 갱도 속으로. 그리고 갱도는 빛을 밝히고 '밤이면／광산으로 들어간다.' 내 몸은 광산. 광부의 머리에서 나오는 불빛이 앞을 밝힌다. 그 불빛은 미세하고 희미한 빛을 던지며, 몸속 세포란 세포는 모두 동굴로 확대시키고, 모든 혈관은 강바닥으로, 피는 강물로 확장시킨다. 강물은 계속해서 가지를 치며 뻗어나가는 강줄기를 따라 고동친다. 강줄기를 따라 빛이 점점 더 깊이 따라들어가, 기관들을 탐색한다. 기이한 산맥 모양, 늪을 닮은 들판, 다른 어떤 것도 아닌 그 자체를 위해 존재하는 배관망들. 그렇게 오랫동안 의미에 의미가 더해지고, 성명과 반대 성명으로 갈기갈기 찢긴 세월이 흐른 뒤에야 이런 사실적인 것을 향유하게 되다니. 난 나 자신을 몰아가도록 내버려둔다. 그런데 자신을 몰아대는 이게 아직 나일까? 여기 안에서, 아래에서,

방해하며 개입하지 않는 한에서만 허용되는 의식의 불빛이 계속해서 나를 침투시킨다. 차단기와 그물망, 저항을 뚫고서. 아직 거의 육체적이지 않은 영역에서의 헤엄치기와 미끄러지기, 가벼운 움직임. 환영 같지만 식별 가능한 사건들, 이걸 묘사할 수는 없지만, 나에게 감동적인 통찰력을 가져다준다. 한 구역이—아니면 이걸 뭐라고 불러야 할지—있는데, 여기서는 정신적인 것과 육체적인 것의 구분이 사라지고, 하나가 다른 것에 영향을 미치고, 하나가 다른 것에서 생겨난다. 하나가 곧 다른 하나이다. 그러니까 일치된 하나만 있다. 이곳이 본래적인 것을 담은 장소라면, 이거 한번 체험할 만하지 않은가?

갑작스럽게 우리는—그렇다면 나 혼자가 아니란 말인가?—대결의 장소에 와 있다. 그곳은 난리 법석 전쟁터이다. 그 광경은 충격적이다. 저 정도라니…… 이 사악한 무리를 당해낼 자 누굴까. 파괴적인 세포들이 끝도 없이 우글거리며 건강한 조직으로 덤벼든다. 하지만 저러면 안되잖아. 저건 아니잖아. 그러니 뭔가 조치를 취해야 해. 결국 내가—여기로 쫓겨온 저 '내'가—나서기로 결심하고 힘들을 결집시킨다. 내 뜻에 따라 힘들이 즉시 사방에서 서둘러 모이는 게 보인다. 지휘권은 내게 있다. 난 할 수 있는 한 힘껏 생각을 모은다. 저들을 무찔러라! 힘들이 나의 명령에 복종한다. 내 눈앞에서 항체들이 용감하게 전장으로 돌진해 저항하는 무리를 모조리 무찌른다. 그들이 퇴각하자 심지어 추격하기도 한다. 좋아. 계속해서 그렇게 하자. 하지만 힘겨워. 오늘은 더이상 안되겠어. 난 줄을 잡아당긴다. 의식이 다시 점점 그 의미를 얻고 심연에서의 그 장면들을 잊는다.

"네, 상처 때문에 고통스러우실 거예요." 야간당직 의사가 말한다. "원하시면 주사 한대 더 놓아드릴 수 있어요. 그러실 만해요." 여자는 그러고 싶지 않다. 여자는 세겹으로 된 뇌의 각 부분 간 연결을 다시 끊어놓게 하고 싶지는 않다. 마취의 여파가 아직 남아 있다고 한다. "원하시면요." 야간당직 의사가 말한다. 여자가 부탁하자 그가 커튼을 젖힌다. 커다란 창 한가운데 맑은 하늘에 달이 떠 있다. '그 옛날 나 갖고 있었지/그토록 소중한 것을.' 그럴 수만 있다면 여자는 웃고 말았을 것이다. 이백년 전 누군가가 어쩜 저렇게 정확하게 여자의 느낌을 표현해놓았는지. "그러면 어떻게 해?" 언젠가 내가 당신에게 한번 물었다. "소중한 게 지나가버리면 우리 어떻게 해? 진짜 마지막으로 지나가버리면?" 당신은 그런 질문을 달가워하지 않는다. '진짜 마지막'이란 게 뭘까라든지. 내가 그걸 어떻게 알까라든지. 아니면 모든 게 더이상 그렇게 소중하지 않다고 해서 한창때 그만둘 수는 없지 않는가 등의 질문. —왜 안되겠어, 하고 난 생각만 할 뿐 말하지는 않았다. 안될 게 뭐 있어. '고통 속에서도/결코 잊지 못할 것을.' 이제 난—그렇다는 데 감사하며—'고통'이라는 말에 매달리지만 그걸 입 밖에 내놓을 필요를 느끼지는 않는다.

우리더러 대책 없는 낭만주의자라고 했다. 가끔 우르반은 우리를 힐책했다. 레나테와 나, 우리가 작가를 이상화하는 데서 벗어나지 못한다는 거다. 객관성을 추구하지 않고 말이다. 그와의 끝도 없는 토론에 우린 휘말렸다. 당신 아직도 기억나? 덤덤한 표정을 짓고 어깨를 으쓱할 수 있었던 사람은 당신밖에 없었다. 클라이스트? 클라이스트가 비합리주의의 선구자라고? 우르반이 문학에 문외한이라는 걸 너희들 눈치 못 챘어? 그게 다라고. 하지만 그게 '다'는 아니었다. 어쨌든 우리의 친구 우르반에 관한 한, 다는 아직 아니었다. 그리고 그가 문학에 대해 모르는 사람은 더구나 아니고. 우리 모두로부터 존경받던 교수님이 언제인가 그에게 한 말 기억나? "우르반 학생, 어떨 땐 학생이 문학을 사랑하는 건 아닌가 하는 생각이 들 때가 있어요." 그 말에 그가 얼마나 당황했는지 당신 기억나?

잠 못 이루는 밤. 밤이면 특정한 생각을 하지 않으려 애써야 한다. 동트기 전에 이상한 생각이 떠오른다. 내가 상상하는 한에서 현실이 빛바랠 그런 나이가 되기 직전에, 다시 한번 뭔가 현실적인 것을 체험할 수 있었다는 그런 생각. 물론 별로 신빙성이 없는 그어떤 것, 믿으면 목숨이 위험해질 수도 있으니 믿어서는 안되는 그어떤 것을 말이다. 새벽 3, 4시 사이 거의 열도 없이, 내게 주어진 맑은 시간에 난 생각한다. 하지만 현실이란 그런 거야. 우리가 전혀 믿을 수 없을 때 현실은 가장 가까이 있는 법이지. 아침 일찍 드디어 잠드는 시간이 있다. 꿈도 꾼다. 엄마가 엄마의 엄마 품에 안겨 얼음덩이 속에 얼려 있고, 아버지가 그 위로 몸을 숙이고 엄마를 얼음에서 꺼내보려 하지만 소용이 없다. 난, 아이인 난, 아버지 등에 업혀 있다.

잠에서 깨어난 여자는 춥다.

엘비라가 여자 앞에 서서 손을 내민다. 온 방을 둘러보며 낱낱이 살피더니 곧 철겅철겅 양동이 소리가 난다. 오늘 엘비라는 저녁으로 집에 어떤 종류의 쏘시지가 나올지 늘어놓는다. 약혼자는 돼지고기 쏘시지를 좋아하지만 자신은 간 쏘시지를 좋아해서 늘 몇조각씩 나눠먹을 수 있단다. 한줄기 행복의 빛이 그녀 얼굴에 스쳐지나간다. 그 빛이 내게 반사된다. 내게 있어 간 쏘시지란, 내가 열다섯살 때 헤르만괴링 학교 체육관에서 전쟁 말기에 피난민에게 발라주던 쏘시지 정도다. 피난민들은 베스트프로이센에서 와서 아직 원주민들이 청소도 하지 않은 우리 도시에서 피난처를 찾았다. 그때 이후로 안전에 대한 동경과, 그런 건 없다는 통찰이 내 안에서 서로 격렬하게 싸우게 된 걸까?

여자에게 매달려 일할 다른 사람들이 온다. 배농관을 체크하고, 링거병을 교체해주고, 씻겨주고, 침대보를 갈아주는 등, 그들을 위해 존재하는 내 몸을 두고 이루어지는 일들. 그건 내가 이전에 바라던 바가 아니다. 하지만 그렇다고 당장 집어치우길 내가 바랄 수나 있을까? 난 그럴 수 없어. 고로 결론은, 소망이 진술보다 더 많은 에너지를 소모한다는 거다. 내게는 없는 에너지.

주임의사에게는 말할 수 없는 증상이 자꾸만 늘어난다. 내가 그에게 침묵하는 것보다 그 사람이 내게 침묵하는 게 더 적길 바랄 뿐. 그때 의사가 나를 깜짝 놀라게 한다. 실제 대답이라도 기대하듯 유심히 나를 쳐다보며 그가 묻는다. "면역체계가 왜 이 정도로 약화된 거죠?"

이 질문을 담당 주임의사인 그가 한다. 내가 죽지 못해 이러고 있다는 걸 모르는 걸까? 내가 그 정도로 강한 사람이라고 생각하는 건가? 그런 질문이나 하고, 나를 놀랠 다른 방법은 더 없는 거야?

녹색 가운에 녹색 캡을 쓰고서 그는 크리스티네 간호사로부터 재빨리 내 열 상태에 대해 보고받는다. 그 수치에 그가 만족하지 않으리라는 걸, 아주 만족스러워하진 않으리라는 걸 난 예감한다. ─그는 자제할 줄 아는 사람이니 눈에 띄지는 않는다. 그런 일로 눈썹을 치켜세우지는 않을 양반이다. 병동 담당의사인 크나베 박사라면 나중에 그렇게 할 것이다. 주임의사는 단지, "수술이 시작됐으니 그 정도면 참을 만해요"라고 할 따름이다. "아직 참을 만하죠." 크나베 박사는 그렇게 말하며 눈썹도 다시 내릴 것이다. 내 면역력 얘기를 다시 꺼내는 사람은 없다. 다만 그날 시간이 감에 따라 열이 다시 오르고, 그들은 더이상 참을 수도, 참으려고도 하지 않는 것처럼 보인다. 이게 수술에 대한 반응이라면, 어쨌든 너무 강한 반응이다. 건강한 것도 아니고 참을 만한 것도 아닌, 어떤 신호. 무엇에 대한 신호인지, 그들은 말을 삼간다. 오후당직인 것 같은, 키 크고 창백한 수석의사도 다른 사람들이 가고 나서, 말을 아끼기는 마찬가지다.

물론 당신이 다시 왔고, 물론 당신은, 매일 낮이면 늘 그러듯, 주임의사와 얘기를 나눴다. 주임의사도 말을 아끼는 것 같았다. 열은 내릴 거라고. 나도 그건 이해가 된다. 하지만 주사는 더 맞고 싶지 않다. 주사를 맞고 나면 정말이지 못 견디겠어. 아이처럼, 난 장딴지 싸기가 필요하다. 벌써 퇴근하고도 남았을 주임의사가 다시 나타나 말한다. "얼마든지요." 그도 이 주사를 옛날에 맞은 적이 있고, 그도 견디기 힘들었다고, 이해한다고 한다. '이해'라니, 그도 이런 감정에 관한 어휘를 사용한다. "자, 테아 간호사, 규정대로 해줘요. 부탁해요."

테아 간호사는 고개를 끄덕인다. 휴가 갔다 오늘 돌아온 터라 처음 보는 간호사다. 아담하고 수수해 보인다. 주임의사도 놀라고, 나도 놀라는 일이 벌어졌다. 내 배의 상처를 소독하고 다시 덮는 데 필요한 모든 것이 완벽하게 준비되어 있었던 거다. 이제까지 우리에게 거의 없던 일이었다. 심지어 일회용 장갑도 준비해놓았다. 그것도 주임의사 손에 맞는 크기로. 한두켤레는 낄 때 꼭 찢어지기 마련이니 여러켤레가 준비되어 있다. 장갑의 품질까지야 이 사람들도 어쩔 수 없는 일이지. 주임의사는 욕하지 않는다. 결코 그런 일은 하지 않을 사람이다. 오늘은 전혀 뭐라 하지도 않고, 인상도 쓰지 않고, 찢어진 장갑을 테아 간호사가 역시나 준비해놓은 접시에 던진다. 노련한 솜씨로 그녀는 새 봉지를 따준다. 세번째 장갑은 멀쩡하다. 테아 간호사는 벌써 내 상처를 열어놓았고, 그녀는 배농관을 통해 액체가 얼마만큼 흘러나왔는지 알고 있다. 농도도 설명할 수 있다. 그녀는 주임의사가 다음엔 뭘 필요로 할지 예상하고 있다. 핀셋, 면, 소독약, 피부에 좋은 반창고. "그거 있어요?" "있습니다." 테아 간호사는 벌써 반창고를 적당히 잘라놓았고, 침대 옆 작은 탁자에서 그걸 따준다. 상처에 면사를 붙이는지, 느낌조차 별로 없다. 벌써 입었던 잠옷을 벗겨내고—땀에 절었네!—벌써 새옷을 입혀놓았다. 말없이 그녀를 지켜보던 주임의사가 "수고가 많습니다" 하고 간다.

그러자 당신네 두사람, 테아 간호사와 당신은 장딴지 싸기로 일을 시작한다. 내가 느끼기에, 그녀는 처음 몇번은 증발시키는 게 정상이라고 생각하는 것 같다. 말하자면 참을성을 가지고, 자주 갈아줘야 한다는 거다. 그 일은 당신이 맡는다. 테아 간호사도 한도 없이 주사를 놓는 것보다 이 자연스러운 방법을 더 선호하는 걸 보니 우리는 힘이 난다. 물수건을 갈아주는 사이 쉬는 시간이 점점 길어진 걸까? 그냥 내가 그렇게 느끼는 것일 수도 있고. 이제는 시간을 못 재겠다. 될 대로 되라지. 나 자신을 내려놓지만, 그래도 차가운 물수건을 다시 내 장딴지에 얹으면서 당신이 알려주는 소식 듣고 있다. 오늘이 일곱 수면자의 날[5]이고, 폭우가 쏟아졌다고. 그러니까 올여름 비가 많이 올 거라고. 벌써부터 작황에 문제가 있다고 한다. "너무 습해, 모든 게. 해는 너무 적고.""게다가 만날 날씨가 짓궂어요." 테아 간호사가 말한다. 그녀는 이 근처 어느 마을에 산다. 그렇다, 부모님 댁에서 같이 산다. 그렇긴 하지만 동생이 막 군대를 가

---

5 매년 6월 27일로, 기독교 박해를 피해 달아난 일곱 명의 젊은이가 동굴에서 이백 년간 잠들어 있었다는 전설에서 유래함. 이날 날씨로 이후 7주간의 날씨를 점칠 수 있다고 함.

서 더이상 동생이랑 방을 같이 쓰지는 않는다. 그녀는 내 이마에 손을 얹고 말한다. "자, 이제 좀 편안하시죠." "열이 내리니 섭섭하네요." 그런 거다. 사람이 겸손해진다. 황홀할 정도는 아니지만 마음에 든다. 두말하면 잔소리지.

그냥 지나가다 들른 코라도—오늘은 더이상 여자한테 볼일이 없다, 얼마나 다행인지!—그게 '적절'하다고 여길 뿐 아니라, 계속 그래야 한다고 생각한다. "남편분께서는 이제 집으로 가셔도 될 텐데요." 코라가 말한다. 잠시 자기가 대신 일을 맡아줄 수 있다는 거다. 아니, 부인 곁에서 주무실 순 없잖느냐고, 조금만 참으시라고. 짓궂은 코라. 그런 건 코라에게 잘 안 어울린다. "내일이면 세상이 벌써 다르게 보일 거예요. 오늘 우리 잘해냈잖아요." 당신은 코라의 말을 믿지 않는다. 믿는 척은 죽어도 못하는 당신. 시키지도 않았는데 당신이 병원에서 밤을 새우겠다고 하는 건 뭘 의미하는지. "이봐, 헛수고하지 마쇼" 하고 내가 말한다. 그건 우리 사이의 비밀 부호다. "아냐, 그런 게 아니고" 하고 말하지만 당신 표정은 어둡기만 하다.

당신이 가고, 코라와 테아 간호사가 싸개를 다 갈아주고 나자, 난 기분 전환이나 할까 하는 꾐에 빠져 결국 라디오를 켜고 만다. 듣고 싶던 음악 몇 소절, 비발디를 듣는다. 하지만 벌써 뉴스로 넘어가는데, 미처 오프 버튼을 누르지 못한다. 등을 대고 누운 자세로 이 모든 조절을 해야 하니, 원. 결국 난 베를린의 어느 집 지하실에서 젖먹이가 죽은 채로 발견되었다는, 나중에 확인한 바로는 열두

살짜리 형에 의해 살해당했다는 뉴스를 꼼짝없이 듣고 있어야 한다. 난 패닉 상태에 빠져든다. 이제 이 죽은 젖먹이를 난 어떻게 해야 하나. 망막 뒤에서 지울 수 없는 모습으로, 아기가 시험관 속 태아처럼 헤엄친다. 잠시 후에야 난 그 장면을 알아보았고, 그러자 난 어딘지도 모르고 마구 도망치기 시작했다. 일단은 다시 내 몸속 혈관조직 속으로 가라앉는 것 같다. 헤엄치면서, 나를 재촉하면서, 지탱할 곳 없는 소용돌이 속으로 빨려들어간다. 그러다 나도 모르는 사이, 다시 전쟁터로 쓸려간다. 그곳은 거의 형체를 알아볼 수 없을 정도로 변해 있다. 고백컨대 나쁜 쪽으로. 건강한 진영과 병든 진영이 뒤엉켜 더이상 구분이 안 가는데, 내가 어찌해보려 하지만 아무 소용이 없다. 내 안의 뭔가는 그게 무엇을 의미하는지 알고 있다. 난 다른 곳으로 계속 나아간다. 물인지 아니면 늘 있던 건지—피일까?—걸어서 건너는데, 무릎까지 차오르고, 교차점에 이르러서는 더 깊이 나를 이끄는 길을, 어둠속으로 들어가는 길을 선택한다. 그곳은 더이상 혈관이 아니다. 눈앞에서 그 젖먹이를 놓치지 않고서 난 깊디깊은 어둠속으로 내려간다. 시험관 속에서 빛나는 아기는 혹시 인조인간? 더구나 자라고 있잖아.

계단을 지나온 지 오래다. 누군가 내게 지하실 열쇠를 준 게 분명하다. 발루셰크 부인인가? 지하실 열쇠에 욕심을 부리는 사람이니 그럴 리가 없는데. 거기 아래 무슨 볼일이라도 있우? 숨겨둔 돈 다발이라도? 가스 난방이야 외벽에 있으니 다 보일 테고. 더 볼일 없지요? 그러니 열쇠 때문이라면 난 아마도 집 앞 가게의 두 부인에게 부탁하게 될 게다. 사촌 간인 두 부인은 우리 집 문 바로 옆 자신들이 운영하는 조그마한 공산품 가게를 요새 '부띠끄'라 부른다. 판매하는 품목을 비누, 치약, 화장실 휴지에서 비단 지갑, 촛대, 향수로 바꾸려고 해당 관청과 지루한 싸움을 벌인 끝에 결국 허가를 받아냈다. 물론 지하실에 창고를 두고 있던 이들은 언제든 내게 열쇠를 내줄 준비가 돼 있다. 심지어 이번에는 다른 손님들 신경 쓰지 않고 우체국 직원에 대해 내게 일러주기 위해 십분 내지 십오분 정도 일찍 가게 문을 닫았다. 이 직원은, 나랑 비슷하게, 물론 다른 이유에서이지만, 불규칙한 간격으로 지하실 열쇠를 요구한다. 말로는, 지하실에 있는 배선실에 전화선이 또 고장나서라고 하지. 지하세계의 열쇠 담당자인 이 두 부인은 이 집에 사는 누구나 그렇듯, 고장난 전화선은 없다는 걸 뻔히 알고 있다. "당신이 고장난 건 아니우? 아니면 됐고." 과묵하고 점잖은 직원 면전에다 부인들이 그렇게 쏘아붙였다. 그 직원은 아직 손때도 묻지 않은 아주 새것처럼 보이는 근무복에도 불구하고, 아니면 바로 그로 인해 어느 모로 보나 도무지 독일전신국 전화 담당 직원일 리 없었다. 심지어 두 부인은 그 사람한테—뭐 그래봐야 두 사람이 잃을 게 무에 있겠어? 아무것도 없지—우리 집 녹음테이프를 갈 때가 됐느냐고 물었다. '녹음테이프'는, 담녹색 작은 금속 상자가 잠긴 채 지하실 앞쪽에 놓인 것을 보고 상상력이 풍부한 두 부인이 그렇게 말한 거다. 그 상자에는 전화선이 하나만 연결되어 있었는데, 유감스럽게도 바로 우리 집 전화선일 거라고 우리는 믿어 의심치 않았다. 그리고 거기로부터 물론 다시 선 하나가 밖으로 나와, 결백을 울부짖으며, 몇 미터 앞 두꺼운 전선 다발과 합쳐졌다. 이 집의 다른 전화선과 연결된 이 전선 다발은 누구에게나 접근이 가능한 커다란 배선통으로 모아졌다. 작은 금속 상자가 숨기고 있는 게 사실 '녹음테이프'라고 믿지는 않았지만, 우리는 부띠끄 부인들로부터—한 부인은 밝은 금발이었고, 다른 부인은 흑발이었다. 중년의 나이에, 두 사람은 고와 보였다—직원의 방문에 대해 믿을 만한 정보를 얻을 필요가 있었다. 이 일을 화제로 삼다 우리는, 두 부인이 우리에게 알려주게 하려고 그들이 지하실 열쇠를 얌전히 요구한 건 아닐까 하는 의문이 들기 시작했다. 그런 행동방식이 있다고들 하지 않는가.

내가 여기 아래 있고, 또 얽히고설킨 지하실 통로들로 전보다 멀리 나가보는 걸로 봐서 분명 부인들의 부띠끄에 들렀을 것이다. 다음부터는 저 샤워 오일을 판매 중지하게 될 거라는 말을 그 자리에서 섭섭해하며 들었던 것도 분명하고. 그 오일은 품귀 상품이긴 하지만 지금껏 난 늘 부인들 가게를 통해 믿고 구할 수 있었다. 이 오일 없이 매일 샤워하는 걸 상상조차 하기 싫다고 내가 말했더니, 흑발의 부인이 금발 사촌에게 역모의 눈길을 보내며 물었다. "마를리스, 네 생각은 어때? 그렇게 할까?" 그러자 마를리스가 동의하며 눈꺼풀을 내리깔았다. 자네뜨가 하라는 뜻이다. 내가 가져갈 이베트 카밀러 오일 작은 병 다섯개가 낱개로 포장되어, 작은 비닐봉지에 담겨졌던 게 분명하다. 그 봉지에는 금색으로 바탕색을 넣은 멋스러운 글씨체로 '부띠끄 자네뜨'라고 쓰여 있었고, 그걸 난, 지금 정확히 기억하는데, 처음에는 손에 들고 있었다. 그러다 발끝으로 앞을 더듬거리며 지하실 안 어두운 다음 방으로 나아가는 동안, 어딘가에서 그걸 잊어버렸거나 잠시 내려놓았던 게 확실하다.

여기 전구는 오랫동안 빠져 있었나보다. 누구도, 심지어 전화국 직원도 여기서는 길을 잃을 일이 없으니, 몇년 전부터 여기서 불빛을 필요로 했던 사람은 없었다. 인조인간을 실은 시험관이 내 눈앞에서 날아간다. 아니면 이런 움직임을 뭐라고 불러야 할지, 미끄러져간다고 할까? 못 보던 구석을 돌아, 계속해서 다른 방으로 나를 유혹해간다. 어떤 방에서는 덜렁거리는 스위치가 작동하고, 아마도 전쟁 때나 전후 초기에 제 임무를 다했을 전구는 두꺼운 먼지가 쌓인 채 희미하고 흔들리는 불빛을 떨군다. 지상의 건물 군락에서는 힘겨운 재건 조치들이 몇달 동안 지속적으로 이루어졌지만, 지하세계까지 밀어닥치진 않았다. 건축 공사 감독이 허물없이 내게 알려준 바로는, 측량도, 지도도 없고, 사방으로 뻗어나간 지하세계의 미로에 대해 개인적으로도 아는 사람이 없다고 한다. 우리 지하실의 씨스템도 이 미로와 연결된 게 분명하다. 이 안에서 길 잃은 자에게—다시 우리의 공사 감독의 말을 빌자면 말이다. 이 사람은 물론 수도와 관련된 건 뭐든 싫어하는, 머뭇거리는 성격의 메클렌부르크 사람이다—신이 함께하시길.

보니, 모든 방은 내가 아직 가본 적 없는 다른 방들로 이어진다. 뒤편 한구석에는 나무 문이 있는데, 땅에 끌려서 힘주어 눌러줘야 한다. 겁먹긴 했지만 난 그렇게 한다. 젖먹이가 살해된 저 지하실을 찾아야 하니 하는 수 없다. 한눈에 조망할 수 없는 어떤 무늬로 지하실은 서로서로 연결돼 있다. 이제 난 먼지 더미에 푹푹 발이 잠기며 걸어간다. 구석에는 언제 적 것인지 모를 쓰레기 더미가 보인다. 한번은 쥐 한마리가 내 발치에서 튀어나와 유유히 도망갔다. 인조인간을 신고 빛나던 시험관이 사라진 걸 그제야 깨닫는다. 이제 내게 길을 일러줄 게 아무것도 없다. 방향감각을 잃은 지도 오래다. 내가 아는 거라곤, 말할 수 없을 정도로 공포감이 들지만 살해당한 그 젖먹이를 찾아야만 한다는 거다. 잊었던 걸 뒤쫓아가봐야만 할 때가 한번은 오지. 난 세상에 나오지 못한 아이들이 묻힌 무덤의 미로 속을 헤매고 있다. '세상에 나오지 못한'이란 표현의 의미가 뭔지 곰곰 따져봐야 한다. 그러면서 난 걷고, 휘청거리고, 계속 더듬으며 간다. 이제 그렇게 칙칙하던 전구도 보이지 않는다. 손에는 빛이 약한 손전등을 들고 있다. 내가 계속해서 나아가길 염원하는 누군가가 나를 위해 가장 중요한 장비를 생각해둔 셈이다. 이제 난 벽에 있는 화살표를, 예전에는 하얬지만 지금은 거의 지워지다시피 한 화살표를 따라간다. 화살표 아래에는 한번이라도 본 사람은 결코 잊지 못할 알파벳이 쓰여 있다. LSR.[6] 공습대피소가 우리 집에서 이렇게 멀리 떨어진 지하실 미로 속에 있다는 게 불현듯 놀랍다. 이웃집은 마지막 공습 때 투하탄을 맞아 완전히 파괴됐는데, 우리 집은 거의 온전했으니 말이다. 이웃집 사람들이 그 당시 몰살당

6 Luftschutzraum. 2차대전 당시 사용된 공습대피소의 독일어 명칭.

했는지, 몇명은 생존했는지, 처음으로 문득 궁금해진다. 어쩌면 그 사람들은 다른 경로로, 지금 내가 서 있는 이 장소로 사전에 피신했을지도 모른다. 그곳에서 빛바랜 문패를 겨우 알아본다. **장벽 붕괴**. 곰곰 생각해보다 깜짝 놀란다. 어떤 장벽이란 말이야! 하지만 여기 이 장벽은 오래전에 붕괴됐는데. 몸을 숙이고, 푸석한 파편 더미를 기어 난 그 틈새를 지나갈 수 있다. 그다음 도착한 방은 내가 나온 방과 꼭 닮았다. 하지만 같은 방은 아니다. 그다음 방도 지나온 그전 방과 비슷하다. 나무로 된 장이 조금 전에는 오른쪽 벽에, 이번에는 왼쪽 벽에 있는 걸로 봐서 그걸 알 수 있다. 먼지가 수북이 쌓이고 더러워진 저장용 병들이 장에 보관되어 있다. 병에서 난 어느 독일 주부가 예전에 말끔하게 쥐털린^{Sütterlin} 서체로 써놓은 라벨을 겨우 읽어낸다. 버찌 1940년, 토끼 고기 1942년. 1942년, 전쟁이 한창인데 이 주부는 어디에서 토끼 고기를 구했을까 상상해본다. 아마도 부모님이 작은 주말농장이라도 소유하고 계셨던 걸까. 하지만 정말로 나를 불안하게 한 건, 바로 장벽 붕괴를 지나 들어온 지역이야말로 장벽 붕괴 전에 내가 움직이던 곳이 정확하게 거울에 투영된 모습이라는 의혹, 아니 확신이다. 벽에 반대 방향을 가리키는 화살표가 있고, 구석에는 폐물도 있다. 마지막으로 내가 너무도 잘 아는 방식으로 덜렁거리는 첫번째 스위치가 있고, 휙 달아나는 쥐까지. 이게 대체 뭘까. 영원히 빠져나올 수 없게, 계속 나타나는 거울 방에라도 빠져들어간 걸까. 내가 좀더 빨리 걸어가고 있다는, 급하게 숨 쉬고 있다는 느낌이 든다. 여길 나가고 싶어. 그때 그 인조인간이 다시 나타난다. 시험관 속에서, 파란 불빛을 흘려보내며. 더는 못하겠어.

　그때 그 여인이 등장한다. 젊고 매력적이고 삶의 활기로 반짝이는 여인. 그녀가 젖먹이로 자라난 인조인간을 공중에서 잡아 팔에 안는다. 그 여인을 알아본 나는 소리친다. 리스베트 이모! 하지만 난 보이지도, 들리지도 않는다. 종종 가졌으면 하던 요술모자라도 쓴 것처럼. 이제 여인은 공포에 휩싸여 도망치기 시작하고, 난 그녀를 쫓아간다. 그녀를 진정시키고 구해주고 싶다. 그때 그 남자가 그녀에게 다가간다. 그리 크지 않은 키에 날씬한 체구의 남자. 남자는 여자를 안고 쓰다듬고 그녀를 위로해준다. 남자가 여자에게서 아기를 받아든다. 그러니까 아기는 살해되지 않았고, 살아 있다. 이제 그들 셋은 내 앞에서 걸어간다. 우리는 내가 아는 그곳, 저 희미하게 불 밝힌 지하실 방에 도착한다. 거길 지나면 각목 울타리로 몇 미터씩 칸을 나눠놓은 커다란 창고가 나온다. 칸들 사이로 구형 자전거, 석탄 더미, 말끔히 쌓아놓은 땔감, 잡동사니, 신문지 더미가 보인다. 『민중의 감시자』라는 신문이 눈에 띈다. 꿈속에서처럼 난 계속 걸어간다. 고통 없이 1936년으로 가라앉는다. 꿈속을 헤매듯, 1944년 폭탄으로 무너지기 전의 이웃집 지하실을 돌아다닌다. 리스베트 이모의 가족을 따라가며 — 내가 알기로, 이 가족은 가족이 아니다. 그들을 몰락시키는 처벌로 인해 이 가족은 결코 가족이 되어서도 안되고, 되지도 않을 거다 — 난 그들과 함께 지하실 계단 위로 빠져나가, 부띠끄 부인들이 내게 준 열쇠로 아무도 모르게 그들을 위해 지하실 문을 열어준다. 문 뒤에는, 별로 놀랄 일도 아니지만, 샤워 오일이 든 작은 비닐봉지가 놓여 있다. 이제 한결 진정된 모습으로 부드럽게 아이를 안고 있는 이모를 따라 난 이층으로 올라간다. 문에는 그녀의 남편 이름이, 자기 이름이기도 하고 어린 아들의 이름이기도 한 남편 이름이 적혀 있다. 문 앞에 멈춰선 이모는 앞치마 주머니에서 열쇠를 꺼낸다. 이모와 같이 온 그 남자, 아이아버지는 이제 헤어져야 한다. 남자는 경계를 늦추지 않고 미리 주의 깊게 계단을 둘러보고서 이모를 껴안는다. 그가 나를, 일곱 살짜리 아이인 나를 볼 수도 있을 거라 생각하자 난 흥분하기 시작한다. 이 아이가 자기 이모가 혼외정사로 유대인의 아이를 낳았다는 걸 알고 어떻게 했을지 의문이 들자 더욱 흥분했다. 그는 나를 보지 못한다. 그래서 무겁고 답답한 마음으로 나는 투명인간이 되어 이 남자를 따라간다. 남자는 느릿느릿 몸을 숙이고, 지금은 존재하지도 않는 집에서 두층 더 올라가 저 문까지 간다. 문에는 손으로 주소를 적은 마분지 문패가 소박하게 붙어 있다. 의학박사 라이트너. 일반의. 매일 17~19시 〈아리아인 환자 출입금지〉. 라이트너 박사의 입가가 살짝 일그러진다. 유대인 환자의 발길이 뜸하다는 걸, 점점 더 뜸해진다는 걸 그도 알고 있고, 그사이 나도 알고 있다. 이 도시에 유대인은 별로 남아 있지 않다. 리스베트 이모가 매일 그에게 가져다주는 수프 없이는 살아남기 힘들 것이다. 이모는 도중에 누굴 만나든 상관하지 않고, 겁 없이 수프를 두층 위로 날라온다. 그를 사랑하는 이모가 주는 빵 없이는, 이모가 직접 구운 케이크 없이는 살아남지 못하리라는 걸 그는 잘 알고 있다.

　깨어나니 밤도 다 지나간 때다. 코라가 와 있다. 살해된 젖먹이를 발견하지 못했다고, 아마도 우리 지하실에 있는 것 같지는 않다고 그녀에게 말한다. 대답 없이 코라는 크리스티네 간호사와 함께 체온계 눈금을 읽는다. 늘 그렇듯 고집스레 들어오려던 엘비라가 밖으로 쫓겨난다. "오늘은 안돼요! 좀 씻겨드려야겠어요. 환자가 분명 기운이 빠졌을 거예요. 오늘은 우리 둘이 합시다. 테아 간호사, 오늘 오전근무라 다행이에요." 테아 간호사가 말한다. "어제 야근했어요. 근무시간대가 갑자기 바뀌면 잠잘 시간이 별로 없어요." 이른 아침치고는 열이 너무 높다. 지금 장딴지 싸기를 시작해봐야 별 소용이 없을 것 같다. ─"테아 간호사, 열두살짜리 남자애가 젖먹이 자기 동생을 죽인 이유가 뭐라고 생각해요?" 테아 간호사가 말한다. "시기심과 질투가 넘쳐나는 세상이죠. 불이익을 당한 사람보다 더 두려운 존재는 없어요. 게다가 그런 사람이 신앙심마저 없다면, 신이 우리와 함께하길 바라야죠." 테아 간호사는 신앙생활을 한다. 교회 성가대에서 노래도 하고. 그렇게 확고한 신앙심을 갖기엔 아직 한참 어린 나이인 것 같지만, 자기에게 맡겨진 사람들에게 신앙심을 따지거나 그에 따라 사람을 분류하지는 않는다. "테아 간호사, 나는 어떻게 될 것 같아요?" 묻는 말에 테아 간호사가 틀림없이 건강해질 거라고 대답한다. 여자는 주임의사에게 그러냐고 묻지 않는다. 의사가 와서 고열을 일으키는 병원체에 대해 분석했다고 여자에게 알려준다. 이제 이 병원체를 퇴치할 특별한 수단을 꼭 손에 넣게 될 거라고. "이놈들을 우리의 중무기로 사격할 겁니다."
주임의사가 말한다. 크나베 박사가 주사기를 들고 그 뒤에 벌써 와
있다.

처음으로 주임의사는 여자가 '훌륭하게 협조'한 데 감사할 필요
를 느낀다. 그들에게 큰 도움이 된다고. 그럼, 여기가 어딘데? 게으
름 피울 곳이 아니잖아? 나중에 여자는 크리스티네 간호사에게 그
럼 달리 어떻게 할 수 있겠느냐고 묻는다. 간호사 생각으로는, 여
자가 전혀 다르게 처신할 수도 있지 않느냐는 거다. 여자는 거기에
대해 곰곰이 생각해보지만, 어떻게 다를지는 모른다. 지속적인 피
로가 과로로 변질되는, 눈에 띄지 않는 순간들이 있는 듯하다. 여자
안에 뭔가가 때때로 필요 이상으로 더 힘들어하는 것처럼 보일 때
가 있다. 어찌 됐건 여자의 심장이 갑자기 다시 미친 듯이 날뛰기
시작한다. 처음에는 믿고 싶지 않지만, 곧 벨을 누르고야 만다. 불
행히도 에벨린이 근무를 서고 있다. 벌써 다시 오후가 된 거다. 모
든 의사가 수술 중이라 에벨린은 의사를 부를 수 없다. 여자의 심
장이 얼마나 빨리 뛰는지 속수무책 놀라고 있을 따름이다. 그녀는
계속 애를 써 보지만, 이십분이 흘러도 병동의 의사들은 여전히 수
술 중이다. 다른 병동 의사는 병동 담당의사의 허가 없이는 부를
수 없다. 하지만 담당의사는 111호 수술실로 비상 호출된 상태다.
그 정도가 에벨린 간호사가 파악한 내용이다. 사십분이 흐른 뒤에
도 간호사는 어찌할 바를 모른다. 환자의 맥박을 재보고, 환자가 다
시 땀범벅이 된 걸 보고 깜짝 놀란다. 지금 옷을 갈아입혀봐야 소

용이 없을 것 같다. 어차피 깨끗한 셔츠도 없다. 그때 갑자기 분노한 환자가 당장, 책임을 지고 내과의를 어디서든 불러오라고 명령한다. 지시가 한번 더 분명하게 내려지자, 쭈뼛쭈뼛 에벨린이 문을 열고 마침내 나간다. 오분도 채 안되어 병동 Ⅵ의 젊은 내과의가 주사기를 들고 온다. "벌써 조치를 취했어야죠." 의사가 말한다. 이동식 심전도 기계가 옮겨오고, 접촉부가 연결된다. 의사가 금방 정맥을 찾았고, 신중하게 바늘을 꽂고 아주 느리게, 모니터를 쳐다보며, 약을 주사한다. 그리고, 환자가 채 느낄 틈도 없이, 맥박이 정상으로 돌아오는 걸 확인한다. "됐어요." 의사가 말한다. "하지만 계속 좀 봐야겠어요."

그리하여 난 지금도 기계와 연결되어 있다. 기계는 내 맥박을 노란색 지그재그 선으로 모니터에 그리며 규칙적으로 삑삑 소리를 낸다. 점점 더 많은 전선이 내 몸에서 외부세계로 나간다. 당신이 와서 보고는 썩 좋은 표정을 짓지는 않는다. "안녕, 무슨 일이라도 있어?" 내가 말한다. "뭐, 별일 아니지." 당신이 말한다. 당신은 유머 감각을 완전히 잃었고, 내가 묻는 말에만 겨우 대답하는 것 같다. 주임의사가 뭐라 하는지 내가 물으면, 뭐 별거 아냐, 하고 우물거린다. 의사가 뭐라 하겠는가. 당신은 다시 장딴지 싸기를 시작한다. 당신이 말한다. "악마가 무슨 장난질이라도 하는 것 같군." 꽤 괜찮은 생각 같다. 악마가 그냥 무슨 짓을 할 수도 있는 거니까. 거기에 대해 생각 좀 해봐야겠다. 그런데 어떤 악마일까? "당신, 끊임없이 선을 원하지만 끊임없이 악을 행하는 악마도 있을까?" 내가 말한다.

이번에는 아무런 대꾸도 없이 힐끗 나를 곁눈질로 쳐다본다. 그런데 당신네들 착각하고 있어. 내가 말하는 게 전부 열에 들떠서 하는 말은 아니라고. 내가 말하는 악마는 가장 이성적인 이성에서 솟아나거나, 아니면 눈에 띄지 않는 역사적인 순간에 이성으로부터 달아난 그런 악마다. 이성의 꿈은 괴물을 잉태한다. 우르반에게도 이 말로 반박하지 않았던가. 배울 만큼 배운 우르반이 내 말을 정정해주었다 '이성의 잠'을 고야는 자신의 '까쁘리초'라 불렀다고.[7] 하지만 내가 죽어도 꿈을 고집한다면, 그러면 누가 꿈을 꾸느냐가 중요할 거라고. 맞아, 작은 유령들이 꿈을 점령한다 치더라도…… "그럼 어떻게 되지, 우르반?" 내가 물었다. "어떡하긴? 그러면 이성이 고생 꽤나 하겠지." 그가 말했다. 그는 내게 아직까지 대답하지 않았다. 하지만 우리 둘 다 의혹과 경악의 표정을 똑같이 지었던 게 분명하다. 러이까[8] 판결에 대한 보고를 우린 읽었었다. 낙원에 이르는 길은 피할 수 없이 지옥을 통해야 했던 걸까?

당신은 결국 열이 약간 내리게 하는 데 성공하지만 오늘 집에 가려고는 하지 않는다. 내게 길게만 느껴지는 시간이 지나고 난 당신을 보낸다. 당신은 고집을 부린다. "나 여기서 편안히 잘 수 있다

---

7 에스빠냐의 미술가 고야가 제작한 판화 연작 '로스 까쁘리초스'(Los Caprichos) 중 '이성이 잠들면 악마가 나타난다'라는 작품의 인유. 에스빠냐어인 '까쁘리초' 는 '기분' '변덕' '착상' 등을 뜻함.
8 László Rajk (1909~49). 스딸린에 의해 숙청당한 헝가리의 공산주의자.

고." 당신이 말한다. 방해 안할 거라고. "여보, 가, 제발."

모든 것이 반복된다. 상황을 더이상 조망할 수 없단 걸 난 깨닫는다. 주임의사 말로는—저녁이 되어, 내 침대 위 움직이는 램프가 작열하고 있다. 의사가 하얀 옷을 입고 있는 걸로 봐서 방금 수술을 하고 나온 게 아닌 모양이다—장단지 싸기로 열이 다소나마 영향을 받는 건 나쁜 신호가 아니라는 거다. 크나베 박사가 잘 손질된 일명 입술-뺨-턱-수염 뒤로 말한다. "아직 수술 결과로 볼 수는 없지만요." 주임의사가 잘라 말한다. "그것만은 아니겠지요." 크나베 박사가 나간다. 아마 약간 마음이 상한 것 같다. 주임의사는 침대가에 서서 내 맥박을 재고 일에 몰두한다. 그는 내가 대체 뭘 읽고 있는지 궁금해한다. 작은 하늘색 책을 그에게 건네준다. 그가 말한다. "괴테 시네요. 이해하기 쉽지 않죠." 읽던 곳을 표시해놓은 페이지를 그가 덮으며 혼자서 우물거린다. '선의 힘을/연마하는 데 게을리하지 마라/여기 왕관들이 굽이친다/영원한 고요함 속에서/열심히 일한 자들/후하게 보상받을지니/너희에게 희망하라 명하노라.' "아하." 주임의사가 말한다. 잠시 후 다시 한번, "아하, '후하게', 이거 나쁘지 않은데요. 그럼, 내일까지 기다려봅시다, 어때요?"

어떻게 위로가 됐는지 그가 나간다. "같이 투쟁하고 계신 거죠?" 그가 문에서 한마디 하지만 대답을 기다리지는 않는다. 그런데 지금 근무시간이었나, 왜 이렇게 늦은 저녁 시간에 아직 퇴근을 안한 거지? —어떤 버팀목이 잘 버텨주는 것 같아 여자는 그나마 만족감이 든다. 마침내 코라가 들어오자 여자는 뭔가 그런 것에 대해 말하고 싶어진다. '투쟁하다'란 말을 곱씹어봐야겠다고 코라에게 속삭인다. "그래요." 코라가 말한다. "주무시는 게 더 낫겠어요." "당신도요!" 그러자 코라가 미소를 금치 못한다. "살려고 하는 자는 투쟁해야 해요. 당신이 그런 걸 모르길 바라지만요." 코라가 머리를 가로젓는다. '이 영원한 투쟁의 세상에서 투쟁하지 않으려 하는 자는 살 가치가 없다.' 우리 반 급훈으로 벽에 걸려 있었어요. 코라가 말한다. "흠, 그런 시절이었지요."

"리스베트, 우리 리스베트 이모는 한창 그런 시절에 유대인 의사를 사랑했고 아이까지 낳았어요."

"어머나, 그걸 알고 계셨어요?"

"난 어렸죠. 이모는 세례식 때 아이아버지가 우리 가족 한가운데, 자기 옆에 앉아야 한다며 고집을 꺾지 않았어요. 그러고는 한사람씩 원하는 노래를 신청했는데, 그 유대인 의사, 곧 세례받는 아이의 불법 아버지는 「성문 앞에서」를 원했어요. 우리 가족이 그를 위해 그 노래를 불렀죠."

코라는 말이 없다.

"라이트너 박사가 직접 내게 들려준 얘기예요. 그러려고 일부러 미국에서 왔더랬어요."

"세상에 그런 일도 있네요." 코라가 말한다. 그러자 내 눈에서 눈물이 흘러내린다. 난 울기 시작했다. 벌써 그랬어야 했는데. 울고, 또 울고, 울음이 그치질 않는다. '수정의 밤'⁹이 있고 나서 아이의 아버지가 떠나자 몰라보게 달라졌던 리스베트 이모가 불쌍해서 난 운다. 그 아이, 사촌 만프레드가 불쌍해서 운다. 라이트너 박사님이 불쌍해서, 우리 가족이 불쌍해서 난 운다. 내 자신이 불쌍해서 운다. 코라가 휴지로 내 눈물을 닦아준다. "다 잘될 거예요." 그녀가 속삭인다. 난 머리를 가로젓는다. "잘될 게 하나도 없어요." 그런 생각이 분명해지자 그제야 난 울음을 그친다. "잘해내실 거예요." 코라가 속삭인다. 난 고개를 끄덕인다. "네, 해낼 거예요." 난 잠이 든다.

너도 같이 투쟁하고 있는 거잖아, 하고 말하는 목소리. 금방은 누군지 모르겠다. 나의 내면의 고고학 중 이전 층위에다 그 목소리를 편입시키기까지 시간이 좀 걸린다. 각각 완전히 다른 조각조각들이 내 머릿속에서 너무나 비좁게 압축되어 있다. '전진, 전진, 투쟁을 위해, 투쟁을 위해/투쟁을 위해 우린 태어났네.' 그래. 그건 우르반이다. 또 우르반이네. 현실에서 자취를 감추는 길을 택한 후로 그는 내 머릿속에서 망명지를 찾았다. 그의 실종을 어떻게 해석해야 할지? 그가 더이상 투쟁하지 않는다는 걸까? 믿기지 않는 일이다. "그 사람이? 결코 그런 일 따윈 없을걸!" 레나테가 말했었다. "그 사람 포기할 줄 몰라. 차라리 달려가다 두개골이 깨질걸." 사소

---

9 크리스탈나흐트(Kristallnacht). 1938년 11월 9일 밤 독일 전역에서 나치대원들이 유대인 상점과 유대교 사원에서 약탈과 방화를 자행한 사건. 당시 파괴된 유리창 파편들이 곳곳에서 반짝였다고 해서 '수정의 밤'이라고 불리며, 이를 기점으로 유대인 박해가 노골적으로 자행되기 시작함.

한 일이 있었다. 우르반이 문화사무관으로 실습을 나간 공장에는 식당이 둘로 나뉘어 있었다. 좀더 나은 식당은 고위직 사무원이나 기관원 들이 이용하고, 다른 하나는 일반 노동자들을 위한 식당이 었다. 무차별한 균등주의에 대한 조치로서 위에서부터 내려온 규정이었다. 우르반은 반대하고 저항했다. 이 사태가 어떻게 귀착될지 우린 마음을 졸이며 그를 지켜보았고. 그는 고위직 간부용 구내식당으로 절대 가지 않았다. 그는 당 대회에 소환되었다. 그는 뜨거운 연설을 토해냈다. 그는 사태를 파악하지 못했다. "우리가 사는 곳은 대체 어디입니까!" 그가 소리쳤다. 우리 셋이 반대표를 던졌지만 그는 징계를 받았다. 그는 우리가 규율을 지켜야 했다고 우리를 비판했다. 자기한테는 이게 다른 문제라는 거다. 그에게는 그게 근본 문제라고. 그가 조금 섬뜩하게 느껴졌다.

난 그를 찾아야 한다. 이보다 더 급한 일도 없다. 그러기 위해선 일어나야 할 텐데. 사람들이 나를 말리려 하겠지만 지금 난 그렇게 할 거다. 딴것보다 우선은, 어딘가에 묶여 있는 왼팔을 자유롭게 해야겠다. 당기고 끌어본다. 그러자 왼쪽 팔꿈치가 찌르듯이 아파온다. 셔츠 위로 피가 흐른다. 간호사들이 보면 별로 좋아하지 않을 것 같은데. 벌써 그들이 오네. 하필 검은 곱슬머리를 한 에벨린이다. "맙소사, 대체 뭐하시는 거예요!" 다음 간호사가 벌써 와 있다. 크리스티네 간호사. 그리고 그녀를 뒤따라 주임의사와 크나베 박사. "무슨 일이에요?" 그 사람을 찾아야 한다고 내가 말한다. "누구라고요?" 주임의사가 묻는다. "우르반요." "아하." 주임의사가 말한다. 크나베 박사가 의중을 알 수 없는 얼굴로 최근 검사 결과가 들어 있는 진료 차트를 의사에게 내민다. 그가 새끼손가락으로 몇 군데 탁탁 짚는 게 보인다. "여기, 또 여기요. 거기다 이것도 있고요." "네, 네." 주임의사가 말한다. 딱 봐도, 주임의사가 크나베 박사가 가리킨 이 진료 결과를 못마땅해한다는 느낌을 지울 수 없다. 크나베 박사도 이런 느낌에서 벗어나지 못하는 것 같다. 주임의사가 말한다. "찾는 일은 조금만 더 기다리셔야겠어요." 나도 그런 생각이 든다. 이제 그는 여자의 상처를 보려 한다. 아쉽게도 에벨린 간호사가 근무다. 일회용 장갑이 껴보는 족족 의사에게 맞지 않거나 아니면 손을 넣자마자 찢어진다. 분위기를 좀 부드럽게 하느라 환자가 말한다. "장갑의 아리아네요." 하지만 제대로 분위기를 살리지는 못한다. 상처는 흠잡을 데가 없다. 그게 문제를 일으키지는 않는다. 늘 상처가 잘 낫는 피부였다고 환자가 주장하는데, 주임의사의 뭐라 형언하기 힘든 시선이 되돌아온다. 에벨린이 서툴게 반창고를 잘못 붙이는 동안 그가 마치 자신에게 하는 양 말한다. "무엇이 환자분의 면역체계를 이 정도로 약화시켰는지 정말 궁금하군요."

오래전부터 이 말은 내가 들은 것 중 가장 중요한 문장이 되었다.

계속해서 주임의사가 말한다. "옳은 놈으로다 약을 충분히 써서 이 못돼먹은 병원체에 대반격을 감행하는 모습을 상상하지 않을 수 없네요. 당연히 그렇게 될 겁니다. 그렇고말고요. 하지만 이놈들 혼자서는 모든 걸 해낼 수가 없어요. 환자분께서 자기 몸의 방어력을 키워주셔야 해요."

"네, 그럴게요." 내가 말한다. "저도 그렇게 생각해요."

주임의사가 나를 물끄러미 쳐다보더니 결심한 듯 계속 말을 이어간다. 살짝 나무라는 어조로, 나의 면역력이 어째서 붕괴됐는지 병의 경과만으로는 충분히 설명할 수 없다고 사무적으로 말한다.

아하. 마침내 툭 터놓고 얘기하는 데 그는 성공한 거다. '붕괴' 같은 말은 지금껏 나온 적이 없었다. 내 몸 세포 하나하나가 그게 무슨 뜻인지 잘 알고 있다.

"어쩌면……" 당혹감을 감추려 애쓰며 내가 말한다. "어쩌면 육체적 원인만 있는 건 아닐 거예요."──급한 대로 횡설수설 설명해보자. "탈진요. 정신적인 탈진 같은 거요. 제 말은……"

주임의사는 내가 더듬거리든 말든 상관하지 않는다. 이제 그는 완전히 공적이고 사무적인 태도를 보인다. 사소한 것이긴 하지만 컴퓨터단층촬영 검사가 한번 더 필요한 걸로 나왔다고 한다. 오늘 하게 될 거라고. "아주 사소한 거라고 했지요." 그 사람 내 쪽은 쳐다보지도 않고 크나베 박사에게 대고 말한다. 박사는 이미 결정을 알고 있는데 말이다. 나도 요령껏 딴 데를 쳐다본다. 이번에는 나한테 동의를 구하지도 않는 것 같다. 누구 하나 나를 주목하는 사람 없이 최대한 무미건조한 당혹감 속에서 모든 일이 진행된다. 크리스티네 간호사는 병동 담당간호사가 짓는 예의 딱딱한 표정으로 링거를 갈고 카테터를 새로 댄다. 손놀림이 착착 민첩하고 능란하다. 오늘 다시 뇌우가 몇번 있을 거라고 그녀가 말한다. 그녀는 오늘이야말로 양동이를 비우고 싶어하는 엘비라를 단번에 쫓아낸다. 소독약으로 바닥을 훔치는 젊은 남자 간호사 위르겐은 당황한 나머지 짐짓 쾌활한 시늉을 한다. 올해는 아버지의 수상스포츠 클럽에 갈 기회가 별로 없다고 그가 투덜댄다. 정확한 시각에 오후 근무를 시작한 테아 간호사가 늘 그렇듯 한눈에 무슨 일인지 눈치채고, 창에 해가 너무 많이 들어오자 커튼을 친다. 그러더니 내 무릎에 롤러를 밀어넣고 잠옷을 갈아입힌다. 테아 간호사마저 내 토론에 응하지 않는다.

'붕괴'란 말을 이리저리 굴려본다. 난 지옥의 풍경들을 보고 있는데, 죄명이 뭘까? 불행한 일이 닥칠 때마다 그게 죄를 지어서라고 설파하는 종교에 욕지거리가 나온다. 그런데 왜 불행이야? 내가 불행한가? 코라가 말한다. "딱히 행복한 상황이라고는 못하겠네요." 하지만 늘 그렇듯, 그녀는 내가 이제 그만 얘기하고, 가능하면 그런 잡생각 따위 집어치우고, 그냥 잠이나 자는 게 낫다고 생각하는 것 같다. 나도 그런 마음이야 들지만, 코라가 아직 내 침대 옆에 서 있는 동안, 불행히도 난 내 몸속에서 나지막이 시작되는 떨림을 느낀다. 다시 이러면 안돼. 정말이지 이건 싫다. 난 힘주어 버티고, 근육을 긴장시키고, 이를 꽉 깨문다. 하지만 나보다 강한 떨림은 결국 나의 저항을 무너뜨리고, 제대로 일을 벌인다. 나를 움켜쥐고 나를 흔들어댄다. 침대를 흔들고 이가 덜덜 떨리게 만든다. 벌받을 짓을 했구나, 난 생각한다. 울부짖음. 이가 덜거덕거리는 소리. 아, 이런 거였구나. 코라가 벌써 비상벨을 눌렀고, 테아 간호사가 두번째 이불을 덮어주며 떨리는 내 어깨를 단단히 잡아준다. 이렇게 반복되다니 참 진부하구나. 이 얼마나 절망적인지. 산소를 담아둔 통이 아직 방에 놓여 있다. 코라가 입과 코에 마스크를 씌워준다. "숨 쉬세요, 숨 쉬세요. 깊게 숨 쉬셔야 해요."

여기는 귀환불능지점입니다.[10] 어두운 벽에 새겨진 지울 수 없는 낙인.

아냐, 아직 이건 아냐. 날카로운 금속성 무기도 아직 아냐. 조금 전에 더 감사하는 마음으로 고요함을 받아들여야 했는데. 다음번에는 내 머릿속에 영상들이 사라지고 고요함이 들어선 것에 대해 감사하게 될 거야. 이제 난 지옥의 소음을 견뎌내야 하고, 고문받는 자들의 행렬을 지켜봐야 한다. 그들은 역사를 통해 끌려가고 나의 내면으로부터 날 바라본다. 원망하는 눈길이 아니다. 고통을 감내하며 바라본다. 나는 고통받는 자들과 마주하고 있다. 나 자신이 고통받을 때에만 그럴 수 있다. 고통의 비밀스러운 의미가 떠오른다. 곧 잊게 될 거라는 걸 난 안다.

당신의 면역체계가 왜 붕괴되었죠. 교수님, 혹시 당사자가 감당하지 못한 붕괴를 면역체계가 대신 떠맡아서 그렇게 된 건 아닐까요? 우리 몸속 비밀스러운 힘들이 그렇듯, 교활하게 면역체계가 당사자를 쓰러뜨리고 아프게 한 건 아닐까요? 뭔가 복잡하고 지루한 이런 방식으로, 죽음의 충동에서 벗어나게 하고 그 책임을 다른 사

<hr>

10 This is the point of no return. 2차대전 당시 공군에서 귀환에 필요한 비행연료가 한계에 다다르는 지점을 가리키는 용어로 쓰임.

람에게, 말하자면 교수님께 전가하기 위해서 말이죠. 교수님이 조금 전에 보인 당혹감, 노골적인 불쾌감은 그것 때문이었나요? 당신에게 닥칠 역할을 거부하시는 건가요? 환자 자신도 알지 못하는 모종의 의도가 ― 물론 의도라고 부를 수는 없지만요 ― 있다고 추측하신 건가요? 환자가 붕괴가 아니라, 해체, 곧 흔적 없이 사라지고픈 격렬한 소망에 대해 말하거나 생각하려고 하긴 하지만요. 다름 아닌 비밀스러운 면역체계가 가장 먼저 이 소망을 대신 채워주지요. 우리가 믿는 많은 것들이 그러하듯, 이 면역체계는 하나의 표상, 말 속에 가두어놓은 추상에 지나지 않아요. 그렇게 해서 우리의 몰양심과 무지함이 우리 몸에 남긴 흔적들에 신경 쓰지 않고, 우리는 편안한 마음으로 걱정 없이 계속 살아가게 되지요. 예컨대 우리의 면역체계에도 그런 일이 일어나는데, 어느날 면역체계는 퇴각하라고 강요받게 되지요. 면역체계가 자신의 감시자 역할, 보초 역할, 추적자 역할에 진력날 수 있잖아요. 크고 작은 온갖 종류의 병원체를 추적하고 그 때문에 자기 주인한테 '킬러세포'라고 욕먹는데 그냥 진력난 거죠. 감염이 극미하게 시작됐을 때, 이 간교한 주인의 조종을 간파하고 그냥 잠자리에 들어버리는 거예요. 감염에 조금만 주의했더라면, 쉽게 조치할 수 있었을 텐데 말이에요. 게다가 면역체계는 환자 자신보다 더 영리하게, 더 많은 삶의 의지를 갖고, 더 정신을 차리고, 더 이성적으로 처신할 까닭이 별로 없는 거죠. '자신'이라, 이 얼마나 흔들리는 불명확한 개념인가.

여자의 몸은 그녀에게 제때 통보했었다. 하지만 첫번째 발작이 일어나고 미칠 듯한 고통이 있었을 때는 별로 나쁜 생각을 하려 하지 않았다. 의사를 부르지도, 여행을 중단하지도 않았으며, 자신의 '혹사당한' 위에 카밀러 차를 제공했을 따름이다. 하지만 몇주 후, 한모금 차를 삼킬 엄두조차 낼 수 없을 정도로 도저히 참을 수 없는 고통과 역겨움이 있었는데도 여전히 의사를 부르려 하지 않았고, 여전히 위염이라 고집부렸으며, 문에 들어서자마자 벌써 처방을 내리고 구급차를 부르려고 전화를 하는 그 의사를 도통 믿으려 하지 않은 건 어떻게 설명할 수 있을까.

여자가 자살하려고 한다는 건—이건 그러니까 그 의사가 여자에게 던진 질문이었다. 억지로 자살이라도 하려는 거예요?—너무 야만적인 생각일 테다. 그것보다는 여자가 어릴 때 자신의 영혼을 맹장 비슷한 것으로 상상했단 걸 상기할 필요가 있다. 꼬불꼬불하게 생긴, 창백한 한줌의 피부로 된 관. 그건 위 가까운 곳, 물론 흉부에 위치하고 있는데, 두려움도 함께 거기에 자리하고 있다. 영혼처럼 생긴 맹장을 제거하는 수술이란 아마도 생각조차 할 수 없는 일이었을 것이다. 자신을 영혼 없는 사람으로 여기게 될 텐데, 하지만 그런 말을 누구에게 해야 했을까. 평소답지 않게 서두르고 엄한 태도를 보이며 그 의사는 왈가왈부 토론하려 들지 않았고, 단지, 왜 자기를 지금에야 불렀는지 알고 싶어했고, 이 고통을 장염 때문이라고는 생각할 수 없었다는 환자의 주장에 고개를 가로저을 따름이었다. 하지만 희한하게도, 덜컹거리는 구급차 속에서 고통이 갑자기 오른쪽 배로 옮아갔다.

"구급차를 좀더 폭신하게 하도록 조치를 좀 취하셔야겠어요."
여자가 주임의사에게 말한다. "네, 절대로 필요한 일이죠." 그가 말
한다. "까딱 방심하고 꽉 붙들지 않으면, 시골 자갈포장길에서는
들것에서 흔들려 쭉 미끄러질 지경이에요." "네, 절대 옳은 말씀이
에요." 주임의사는 자신이 주임의사로 불리는 걸 싫어한다. 앞 음
절 '주임'은 그에게 어울리지 않을뿐더러 그녀 취향에도 안 맞다.
코라가 말한다. "대부분의 환자들은, 특히 여성 환자들은 '주임의
사'라고 말하길 좋아해요. 그렇게 말하면 자신들의 가치가 올라가
죠. 말하자면 주임의사가 나를 수술했소, 하고요. 그리고 날 '박사
님'이라고 불러요. 내가 박사학위가 없다는 걸 알면서도요. 난 그런
호칭이 필요하지 않아요. 그 사람들한테 필요한 거죠."

교수인 주임의사가 여자 몸에 칼을 댄다는 사실을 의식하는지,
물론 치료 목적이긴 하지만 살을 가르고, 여자 스스로 제 몸에서
악성인 놈을 해치울 수는 없으니 그걸 그녀의 몸에서 도려내준단
사실을 의식하고 있는지 여자가 코라에게 묻는다. 코라는 '악성'이
라는 표현이 적절치 않다고 여긴다. 하지만 누구나 제 몸속에 육체
적인 의미에서나 전이된 의미에서나 그런 걸 지니고 있는 다음에
야 뭐하러 아니라고 하겠는가. "이름을 붙인다는 건, 그건 좀 다른
문제예요. 그렇지 않나요? 그런 건 피해야죠. 우리가 수술실에 누
워 있더라도 말이에요." 코라는 그런 망상이 너무 억지스럽다고 생
각한다. 교수가 자기 살을 가를 때 즐거운지, 심지어 그럴 욕구를
느끼는지 환자가 궁금해하는 것도 마음에 들지 않지만 코라는 별

다른 말을 하지 않는다.

아니면 난 다른 길을 택했어야 했을까, 우르반이 택한 그 길을? 난 우르반에 대해 뭘 알고 있지? 전부 다 아는 것 같은데, 하지만 난 그걸 알고 싶지 않다. 이 질문은 다음에 하자. 오늘 난 내 몸이 앞으로 나를 어떻게 하려는지 내게 물어봐야 한다. 몸이 나한테 반항하는지. 난 내 몸을 보고 있다. 몸에 표시된 수술 자국을 본다. 어떤 글을 내 몸 저기에 새겨넣을까, 내가 그걸 언젠가 읽을 수 있을까. 그럴 기회가 나한테 주어질까? 주어지다(아우프게게벤), 포기하다(아우프게벤). 그 이중적 의미를 피해야 할 단어들.

당혹감, 일종의 죄의식에서 비롯된 당혹감이 아침 일과에 묻어난다. 물론 거침없이 내게로 온 엘비라는 예외다. 늘 그렇듯 방 한가운데 서서 자신을 축으로 삼아 돌며 물건 하나하나, 나까지도 다시 한번 꼼꼼하게 둘러본 엘비라는 우당탕탕 쓰레기통을 비우고 늘 그렇듯 힘없이 내 손을 잡고 인사를 한다. 이번에는 평소처럼 안녕히 계세요! 하지 않고 "그럼, 다 잘되시길 빌게요, 네?"라고 한다. 엘비라의 관심에 눈물을 쏟다니 어울리지 않는 일이다.

크리스티네 간호사가 사무적으로 열심히 일하는 모습이나, 과묵한 얼굴에 간호사다운 미소를 띤 모습이 별반 이상한 일은 아니다. 일상적인 일들이 이루어진다. 숙련된 손놀림. 그녀는 자기 일에 전문가이고 난 내 몫을 해낸다. 이 비슷한 경우에 곧잘 내 역할을 하지 않았던가? 내 몸이 그걸 내게 넌지시 알리고 싶어하는 걸까? 검은 여인 코라는 상황을 회피하지 않는다. 그녀는 수술대기실에서 나를 기다리고 있다. 모종의 불안감을 감추지 못하지만 그녀도 말을 많이 하지는 않는다. 다만, "난 이 팀을 믿어요, 팀도 나를 믿고요"라고만 한다. 믿다, 떠나다(페어라센). 이중의 의미를 갖는 단어. 나도 그리 많은 말을 하지 않는다. "오케이"라고만 할 뿐. 나데주다 간호사가 한치의 오차도 없이 코라의 지시를 따른다. 그녀는 독일어 능력을 잃은 듯하지만, 러시아인 특유의 미소만큼은 여전하다.

자르다(슈나이덴). 절단하다(베슈나이덴). 수확하다(아이넨 슈니트 마헨). 단어의 이중적인 의미가 이제 나를 쫓아오는 것 같다. 그때 당신이 상처 입었지(게슈니텐). 우르반이 한때 날 잘라내듯(게슈니텐) 모른 척한 적 있다. 나랑 있는 걸 남들에게 보이면 자신한테 해가 되기라도 하는 양. 그게 언제였던가. 파울과 이런저런 사연이 있을 때다. 아, 오랫동안 잊고 있던 이야기.

파울, 키 작고, 어떤 면에서는 지나치게 열성적이고 딱 충직하고 믿음직하던 파울, 우리 모두는 그를 좋아하면서도 별로 진지하게 생각하지는 않았다. 그런 파울을 우르반이, 내각의 높은 지위에 오른 우르반이 일종의 개인비서나 무엇이든 하는 하녀 같은 자리에 자신의 측근으로 불러들였을 때 우리 모두는 의아하게 생각했다. 우르반은 하필이면 파울에게 바로 자신이 궁리해낸 계획이 어떻게 실행될지 털어놓았다. 계획은 공식적인 성명으로 끝나는 것이었고, 우리 중 몇몇이 관여하고 있었다. 전혀 새로운 청소년 정책을 도입하자는 성명이었다. 이 계획이 순조롭게 진행될 수 없단 걸 우리는 알았어야 했다. 우르반은 분명 그것을 알았을 테고 처음부터 파울을 조커 패로 사용했던 것이다. 결국 파울이 처벌을 받고, 우르반 주변에서 나온 말로는, '명부로' 사라지고 말았을 때, 우르반의 자리도 흔들렸다. 그 역시 낙마했더라도, 누구에게 득이 되었을까? 어쨌거나 그는 한동안, 조금이라도 흠집 있는 사람들과는 거리를 둬야만 했다. 가끔 레나테가 전화를 걸어 그를 이해해달라고 했다. 진술하고 거침없던 우리 관계는 그것으로 끝장났다. 하지만, 병이 나서 몇달 요양원에 가 있었던 파울은, 믿음직하고 스스로에게 부끄러울 게 없었던 그 파울은 재기하지 못했다. 그는 문서보관소에서 하급 업무를 하고 있다.

여느 때처럼 교수가 왔다. 비겁한 건 아니고, 다만 말을 아낀다. 그리고 빌어먹을 유행처럼 번져가는 이 당혹감. 평상시대로 그는 정중하게 내게 손을 내민다. "네, 주사는 이미 맞았어요." 내 몸속에서 낮고 편안하게 윙윙거리기 시작한다. "시작할까요?" "네, 그러죠. 좋습니다." 그가 수술실 문 뒤로 사라진다. 녹색 천지다. 몇분 후 내가 따라가자—따라가졌다는 게 더 맞겠지만, 그렇게는 말하지 않으니까—거기 다시, 녹색 옷을 걸친 세 남자가 말없이 미동도 않고 항복이라도 하듯 양손을 들고 서서 긴장된 눈으로 나를 쳐다본다. 여기 누가 누구를 공격하는 걸까? 누가 누구에게 항복하고? '난 항복했어/마음을 다해, 손을 들고/사랑과 생을 담아 네 나라에/나의 하나뿐인 조국에.' 할아버지 할머니 댁 소파 위, 검은색 액자에 끼워져 있던 경구.

늘 그렇듯, 마스크 위 코라의 갈색 눈을 마지막으로 보고 난 잠

든다. 가면. 그다음엔 통로체계, 중추신경계일까? 모르는 건 아니지만 익숙하지도 않다. 도무지 익숙해질 수야 없겠지만, 할 때마다 조금씩 알아가게 된다. 아래로, 심연으로, 작은 담녹색 금속 상자를 지나간다. **빅 브라더**. "그걸로 살아가야 해" 하고 우르반이 언젠가 내게 말했다. "세계 어디서든 우린 그걸로 살아가야 한다고." 언젠가부터 그는 이 새로운 어조로, 거의 모반에 가까운 어조로 '우리'라고 말하기 시작했다. 자기 나라에서 자기 나라 사람들로부터 의심받지만, 자신을 위로하고 정당화하는 위대한 형제애로 뭉친 우리, 떨쳐버리기 힘든 유혹이 시작되는 그런 형제애를 가진 우리를 그는 은밀하게 말했다. 나도야? 그래, 나도였다. 여자는 자기 집 전화선이 공모하며 사라진 지하실, 이 작은 금속 상자가 있는 실제 도시에 한동안 살았다. 그리고 동시에 다른 희망의 도시, 인류의 도시에 살았다. 그것은 그녀의 본래 고향이기도 했고 혹은 고향이 될 그런 곳, 우리가 미래에 구해내야 할 그런 도시, 우르반도 말했던 그 '우리'가 만들게 될 그런 곳이었다. 언젠가부터 여자는 그가 '우리'라고 말하면 더이상 자기한테 하는 말이 아니라고 느꼈다. 특별한 계기가 있었던 것 같지는 않다. 그냥 일상적거나 덜 일상적인 계기들이 쌓여 지속적인 고통을 가져왔고, 그 고통으로 인해 우르반이 꺼리는 인식에 도달할 수 있었다. 그리고 그가 레나테와 함께 카를맑스알레 어딘가 방 세칸짜리 아파트에 아예 살림을 차리고 어느 각료 사무실에 터를 마련했다는 걸 여자가 알게 되었을 때는 일말의 고통도 없었다. 그는 지금, 아니 영원히 그들에게서 도망가,

자취를 감췄단 걸 여자는 추호도 의심하지 않았다. 이렇게 도피해서 다시금 여자의 이해 영역으로 자신을 구제했단 사실도. 정말이지 치유 불능의 상황이다.

들추어내다. 들춰내지다. 장기를 드러냄. 현대의 점쟁이는 장기에서 아무것도 읽어낼 수 없다, 행운도, 재앙도. 다른 사람이 들춰내는 것에도, 스스로 드러내는 것에도 난 거부감이 든다. 면밀하게 고안된 제의를 통해 진행되는 상황의 은밀함이란. 절개. 규정에 나와 있는 대로 적절하게 절개한다. 다른 어떤 것도 의료상의 실수가 될 것이다. 들으려 하지 않는 자는 스스로 느껴야 한다. 할머니의 말씀. 느낄 수 없는 자는 심하게 다쳐봐야 한다. 그리고 자기 살을 충분히 깊이 자르지 못하거나 그럴 용기가 없는 자는 다른 사람이 대신하도록 핑계를 만든답니다, 교수님. 술수에 능한 순응과 대비책 들. '영혼'이니 '의식'이니 뭐 그런 것들이 얼마나 곧잘 조종당한 채 무방비 상태로 뻗어버리는지. 이제 조종이란 말이 마침내 제 권리를 찾으며 몸이 조종된다. 손으로 작업을 한다. 민첩하고, 숙련된, 제대로 교육을 받은 손, 십오분간 잘 닦고 일회용 장갑으로 보호받는 손. 그 손이 그토록 오랫동안 감추어두었던 몸의 진실을 끝까지 파고들려 한다. 그 손이 장기들을 휘젓고 다닌다. 잘 짜인 전략에 따라 움직인다. 말하자면, 다른 장기를 건드리지 않고 사악함의 뿌리까지, 진실의 작열하는 핵과 거짓의 핵이 부딪히는 거기 화농소까지 밀고 들어가기 위해 교활한 우회로를 거친다. 교수님, 당신이 이제 그걸 시인하든 안하든 상관없어요. 나데주다 간호사가 상처 가장자리를 찾아내 거즈로 행동에 들어가야 하는 그 시간. 코라가 기계를 지켜보며 이리저리 내 이마를 쓰다듬는 그 시간. 그건 도살이다.

이번에는 모든 게 제대로 된 것 같습니다. ―내가 어디에 있는 거지? 깨어난 사람이 던지는 고전적인 질문에 사람들은 그냥 진부한 대답을 하거나 아예 대답을 하지 않는다. 테아 간호사가 내게 그냥 방 번호를 말해준다, 호텔에라도 있는 것처럼. 온통 초록색을 덮어쓴 교수는 그만 가봐야 한다. 하지만 곧 다시 올 거라 한다. "이번에는 제대로 된 게 확실해요."

당신이 들어온다. 대체 몇시쯤 되었을까? 아, 벌써 오후네. 마취가 덜 풀린 혀로 당신에게 말한다. "깨어난다는 건 언제라도 참 경이로운 일이야." 모든 게 끝났지만, 당신은 낌새를 알아채지 못한다. "더 좋아질 거야." 당신이 말한다. 크나베 박사가 와서 테아 간호사에게 내 체온을 묻는다. "흠." 그가 말한다. "더 좋아질 겁니다. 이번에는 모든 게 제대로 됐어요. 더이상은 없어요. 더이상은 있을 수 없어요." 그는 이번에는 아무것도 남아 있을 수 없다는 걸 내게 알리기 위해 온 수석의사를 문에서 내친다. "우리 인간의 평가로는 그렇습니다." 그가 말한다. "당신 왜 안 웃어?" 내가 당신에게 묻는다. "나중에"라고 당신이 말한다. "응, 하지만 언젠가 우리 다시 웃게 될 거야"라고 내가 말한다.

"그런데, 내 뇌 속의 미로가 우리 집 지하실 미로와 꼭 같은 것 같아." 깜짝 놀란 눈으로 당신이 쳐다본다. "왜, 헛소리라도 하는

것 같아? 매번 이 지하세계의 복도를 걸어다닌단 말이야.” 당신이
말한다. “꼭 그래야겠어?” 내가 말한다. “응, 어쩔 수 없는 일이야.
그건 그렇고, 어떻게 됐어? 우르반을 찾았대?” 당신은 굳은 표정으
로 고개를 가로젓는다. 당신이 나한테 말하고 싶어하지 않는 게 뻔
히 보인다. 나 역시 알고 싶지 않다. 내가 말한다. “한번은 그가 내
게 이런 말을 한 적 있어. 진실은 상대적이라고. 당신, 기억하지?”
당신이 고개를 가로젓는다. 여러해 전에 우르반이 말했다. 진실
은 역사의 진보에 기능한다고. 다른 것들은 죄다 싸구려 감정이라
고. “목적이 수단을 정당화한다는 말이야?” 그는 망설였다. 그러다
“어느정도는” 하고 말했다. “어느 정도인데?”라고 여자가 물었고,
두 사람이 전철 안 다른 사람들 무리 속에 서 있던 차라, 여전히 속
삭이며 그가 말했다. “경우에 따라 결정해야지.”“누가 그걸 결정
하는데?”“누구긴, 상황을 제일 잘 내다보는 사람이지.” 어쨌든 이
해관계 상황에 따르는 것이지, 그녀의 도덕적 엄숙주의가 잣대는
아니라고 했다. “인정하든 안하든 엄숙주의는 우리를 무장해제할
것이고, 그러면 우리는 곧 백기를 들게 될 거야, 그렇지 않아?” 여
자가 속삭이며 말했다. “난 모르겠어. 정말 모르겠어.” 그러자 그가
말했다. “잘 생각해봐.”

어느 틈엔가 당신이 갔다. 테아 간호사는 할 일이 별로 없는 모
양이다. 수시로 방에 와서 약이 잘 떨어지는지 살피고, 여자의 침대
머리맡을 편안하게 해주고, 차가운 물수건으로 얼굴을 닦아주고,
입술과 입안을 가볍게 닦아낸다. 그녀가 말한다. “내일이면, 모든

게 달라질 거예요. 잘 아시잖아요. 전문가신데요." 온통 하얀색 옷을 걸치고 교수가 왔을 때, 간호사는 막 체온을 재고 있었다. 간호사는 체온계를 교수에게 보여준다. 교수가 말한다. "음, 벌써 약간 좋아졌네요. 물론 약은 계속 주사할 겁니다. 테아 간호사, 다섯시간마다, 부탁해요. 이걸로도 우리가 이놈들을 끝장내지 못하면, 어디 두고 보라지요." 간호사도 이번에는 우리가 이놈들을 끝장내게 될 거라고 확신한다. 그녀가 주사를 놓는데, 난 거의 아무것도 느끼지 못한다. 아쉽게도 그녀는 야근을 하지 않는다. 하지만 내일 아침이면 곧 다시 올 거다.

기쁘게도 오늘 야근 담당은 코라이다. 코라 바흐만, 어두워지자 그녀가 온다. "이번에는 신사분들이 정말로 제대로 원인을 찾았어요. 더이상은 없어요. 아니면 내 손에 장을 지질게요." 그녀가 말한다. 난 코라의 손을 바라본다. 가늘고 매우 여성스러운 손이다. 처음으로, 아이가 있지 않을까 하는 생각이 문득 든다. 내가 묻자 그녀가 고개를 끄덕인다. "여자아이예요. 다섯살요. 이름이 루이제예요." 엄마가 일하러 가면 누가 애를 볼까? "루이제가 유치원에 안 갈 때는 외할머니가요." "아빠는요?" "헤어졌어요." "저런." 코라가 침묵한다. 잠시 후 코라는 남녀가 이 바닥에서 잘 살기가 쉽지 않다는 생각을 곧잘 한다고 말한다. 그러자 우리 둘은 말이 없다. 코라가 가야 할 때가 된다. 그녀는 다시 올 거다. 그녀가 말한다. "편안히 주무세요."

자느라 벌써 잃어버린 시간이 적지 않다. 애당초 여기 병원 안에서 시간을 엄청 잃어버리고 있지만. 이게 건강한 자들의 우주로부터 나온 첫 느낌이란 걸 훨씬 나중에야 난 이해하게 된다. 건강하게 된다는 의미가 아픈 걸 더이상 유일하게 가능한 상태라고 여기지 않는 거라면 말이다. 난 거부해본다. 아직 그 정도는 아니다. 익숙한 꿈의 궤도에서 난 거의 편안한 마음으로 다시 중간제국으로 미끄러져간다. 그곳은 정말이지 편안하다. 왜 그런지 궁금하지는 않지만, 내 안의 무언가가 대답을 알고 있다. 왜냐하면 어떤 생각도 여기서는 정지하고, 모든 구분이 멈추고, 선과 악, 참과 거짓, 옳고 그름의 구분이 더이상 유효하지 않기 때문이다. 그동안 혹사당했던 양심이 휴식을 취하는 곳. 빛깔은 회색이다. 검은 여인이 내 손을 꼭 잡았다. 누가 누구를 이끌어주는지, 아무려면 어때. 그녀가 미소 지으며 이 비슷한 말을 한다. "마지막으로예요." 이 마지막이 바로 코앞에 있는데도, 벌써부터 섭섭한 마음이 든다. 다시 우리 베를린의 방 창문이 보이고, 우리는 날아 그곳을 빠져나간다. 꼭 그래야 한다. 우리 발아래 마당이 사방 집들의 벽으로 둘러싸여 있다. 머리 위로는 사각형의 하늘, 하늘은 이 도시 한가운데서 결코 완전히 어두워지지 않을 것이다. 몇몇 창에서는 날카롭게 잘라낸 듯 불빛이 보이고, 위층에서는 귀청이 찢어질 듯한 음악 소리가 들린다. 모든 게 예전과 같고, 모든 게 새롭다. 우리는 아래로 내려가, 문을 통해 밖으로 떠내려간다. 희한하게도 대문이 활짝 열려 있다.

프리드리히슈트라세가 파헤쳐져 있다. 인도가를 따라 굴들이 깊이 나 있고, 높은 돌 더미와 모래 더미가 굴들을 둘러싸고 있다. 여전히 둥둥 떠다니며, 우리는 굴을 따라가고, 우리 아래에서 전선과 파이프가 얽히고설킨 모습을 바라본다. "내장을 들춰낸 거네요." "네." 코라가 말한다. "그렇게 부를 수 있겠네요." 가볍게 한잔 걸치고 '클라이네 레뷰'에서 나오는 늦은 방문객을 지나쳐, 우리는 하노버슈트라세와 쇼세슈트라세 모퉁이, 기계들이 파헤쳐놓은 모래더미들 중 하나 위로 가 웅크려 앉는다. 지하세계로부터 유령 같은 불빛이 흘러나온다. 가파르게 함몰된 굴 주변을 보니, 수십년 세월이 켜켜이 버려놓은 쓰레기층이 눈에 들어온다. 파괴의 고고학. 여전히 내 손을 놓지 않고 있던 코라가 굴 아래로, 굴삭기가 발굴해낸 가장 밑바닥 층으로 내려가보자는 신호를 보낸다. "하데스로 말이죠." 내가 코라에게 말한다. 저승의 신. 아름다운 페르세포네를 자신의 황금 마차에 태워 납치했지. 하지만 위로받을 길 없는 그녀의 어머니 데메테르가 너무나 슬픈 나머지 자기 소임을 하려 하지 않자, 결국 딸은 일년의 삼분의 이는 어머니 곁에, 밝은 지상의 세계에 머무르도록 허락을 받았고. 지상세계의 곡물과 과실이 열매를 맺는 일은 어머니 데메테르 손에 달려 있었으니.

그리스 신화를 코라는 학교에서 배우지 않았다. 우리는 파열되고 박살 난 포석 위에 서 있다. 어떤 벽타일은 초록색 덩굴 모양을 하고 있고, 어떤 것은 쏘시지를 엮은 모양을 하고 있다. 옛날식 정육점이 지난 세기로부터 파내진 거라 짐작해본다. 살짝만 문질러도 더 높은 층이 드러난다. 키릴 문자가 새겨진 담벼락이 보인다. 내가 이름 하나를 겨우 읽어낸다. "파벨이 여기 있었네요." 내가 코라에게 말한다. 그녀도 러시아어를 읽을 줄 안다. "노브고로드 출신 블라지미르." 그녀가 말한다. "그 사람 거기 있을 걸 그랬어요." 가라앉은 시대가 가져다준 소식들. "모든 게 너무 빠르네요." 내가 코라에게 속삭인다. "후세대는 과거의 증언들을 서둘러 아스팔트와 시멘트로 덮는 데만 급급해요. 그러고 나면 시멘트 위로 군인들이 새로 행진하지요. 좀만 파내고 벽 안으로 들어가면 사람 뼈와 맞닥뜨리겠어요." 지상이나 지하 집 담에 난 총알구멍들이 격렬하게 총알이 오고 갔음을 증언하고 있다. 인간의 몸도 집중적으로 공격받았을 것임은 당연지사.

우리는 벽을 파보지 않는다. 우리는 계속해서 굴의 조직 안에서 움직이며 수도관과 하수관을 따라간다. 관들 안에서는 콸콸거리는 소리가 나거나, 아니면 녹슬어 막다른 골목에서 끝나는 관도 있다. 그렇게 따라가다 전선 갱과 마주치는데, 그 속에는 부패한 지 오래된 전화선들이 있고, 그 옆에다 사람들은 이제—이거야말로 이 발굴의 의미인데—새로운 전화선들을 새로운 전선 갱으로 옮겨놓았다. 이 새로운 갱으로는 전기가 흐르고, 누군가 엿듣거나 엿듣지 않는 전화상의 대화가 오가고 있다. 언젠가, 앞으로 오십년 후, 내가 더이상 증인이 되지 않을 그때, 이 굴들은 다시 열려야 한다. 그리고 아직 태어나지 않은 이들이 여기 서서 그들의 조상들이 대체 무슨 의도로 그렇게 했는지 골몰하게 될 것이다.

"그만하세요." 코라가 말한다. 그녀는 생각을 읽을 수 있었던 거다. 별로 놀랄 일도 아니다. "너무 골똘히 생각하지 마세요." "하지만 모든 게 늘 얼마나 반복되는지 생각해보면" 하고 내가 말한다. "이제 좀 평범해지세요." 코라가 말한다. 그런 단어도 사용할 줄 안단 말이지. 그녀가 덧붙이는 말. "그리고 반복을 처음 경험하는 사람에게는 그 어떤 반복도 새롭다고요." 아. 난 공손하게 침묵한다. 그녀가 내 기운을 북돋워주려는 거다. 그녀는 내가 걸려든 것처럼 보이는 이 막다른 골목에서 나를 빠져나오게 하기 위해 내게 붙여진 거다. 그녀는 값싼 수단도 마다하지 않는다. 이제 난 그녀를 시험해본다. 그녀가 '헛수고' 같은 말을 아느냐고. ―그녀는 코로 약간 씩씩댄다. "그 단어를 모르는 의사는 없어요. 얼마나 잘 아는데요." "거길 바짝 지나가기도 하고 말이지요." 내가 말한다. 코라가 웃는다. "내 말은……" 내가 말하는데, 그렇게도 예의 바르고 어떤 일에도 감정 이입하기로 유명한 코라가 자제력을 잃고 쌀쌀맞게 내 말을 가로막는다. 내가 뭘 말하는지 자기는 잘 알고 있다고. "사람들이 그 안으로 들어가 그토록 훌륭하게 고요히 잠들 수 있는 헛수고, 사람들이 그토록 멋지게 그 안에서 뒹굴 수 있는, 그런 위대하고도 보편적인 헛수고 말이지요." 이번에는 내가 웃고 만다. "하지만 그게 맞다면요? 아주 냉정하게 봐서, 헛수고, 이게 삶의 결산이라면요?" "제 말 좀 들어보세요." 코라가 말한다. ―우리는 굴에서 올라와 프리드리히슈트라세로 떠내려가, 운터덴린덴이 있는 왼쪽으로 선회한다. 사람이라고는 찾아볼 수 없고, 다만 밤을 가로지르는 바르트부르크 몇대가 가련한 영혼처럼 이 황량한 도시를 헤매고 있다. 이 도시가 갑자기 특별히 더 마음에 든다. ―"좀 들어보세요. 지금은 당신의 착각을 어르고 달래기에 적당한 때가 아니라고요.” 코라가 말한다. 왼편에는, 두 훔볼트에게 눈짓할 틈도 없이, 대학이 날아지나간다. 시민 병기고다. 내가 말한다. “코라, 그걸 당신이 판단할 수는 없어요.” “왜 안돼요?” 그녀가 말한다. “내가 당신보다 어려서요?” “그렇기도 하고요.” 내가 말한다. “그리고 당신은 의사니까요.” “그러니까 공평무사하진 않다는 거군요?” 그녀가 말한다. 이제 그녀는 분노한다. 그녀에게서 전혀 기대하지 못한 일인데 말이다. 그러면 자기는 가버릴 수도 있다고 한다. 그녀가 내 손을 뿌리친다. “그러지 마요.” 내가 말한다.

갑자기 우리는 공화국 궁전[11] 계단에 앉아 있다. 공화국 궁전도 폐허네, 유리와 시멘트로 된, 무너지기 위해 만들어진 폐허, 하고 난 생각한다. 어쩌면 그래서 저 공화국 궁전은 이 밤, 이 몰락해가는 도시에서 가장 성실한 곳인지도 모른다. 메트로폴리스. 권력의 중심지. 두 권력의 중심지. 한때 성스러웠던 곳이자 더럽혀진 곳, 이 도시. 이 도시가 우리 눈앞에서 무너지고 있다. 새로운 야만으로부터의 방향 선회도 없다. 내 마음에 확신이 선다.

“코라, 위임을 받고 이렇게 하시는 거지요, 그렇죠?” 내가 말한다. 코라는 내가 정말이지 형편없는 사람이라 말한다. 이제 그녀는 슬프다. 내가 말한다. “네, 난 형편없는 사람이에요. 이제 내가 ‘헛수고’란 말로 뭘 말한 건지 알겠지요. 한번 호랑이에 올라탄 사람

<hr>

11 동베를린에 있던 동독 청사. 옛 베를린 궁전을 동독이 독일제국의 산물이라 하여 허물고 지은 건물로 통일 후에는 철거의 대상이 됨.

은 내리지 않아요. 이제 가세요, 가서 당신 상관에게 망가진 내 면역체계에 대해 보고하세요. 당신 상관에게 하얀 반점들이 많이 찍힌 낡은 지도를 아는지 물어보세요. 반점에다 사람들이 재빨리 이렇게 써놨지요. 여기 사자가 있다.[12] 상관에게 물어보세요. 그가 내 살을 가를 때, 내 상처를 열 때, 썩은 곳을 들춰낼 때, 이 하얀 반점과 마주쳤는지 말이에요. 나 자신도 모르고, 탐구되지도 명명되지도 않은 반점, 야생동물들을 다스리는 그런 하얀 반점이지요. 이 저항하는 반점에게는 세상의 그 어떤 면역력도 먹혀들 리 없다는 걸 그가 상상할 수 있는지 한번 물어보세요."

"누구에게 뭘 물어보라고요?" "아, 코라. 여기가 어디예요?" "늘 있던 곳이죠, 환자님. 또 셔츠가 땀에 흠뻑 젖었어요." 야근 간호사가 온다. 두사람은 몇번의 손놀림으로 옷을 갈아입힌다. 이번에는 땀 냄새가 벌써 전이랑 다르다고 두사람은 주장한다. 더 건강하다는 거다. "직접 못 느끼시겠어요?" 코라가 말한다. 여전히 위임을 받고 있나? "뭐라고 하시는 거죠?" "생각을 너무 골똘히 하지 말아야겠지요?" "그럼요, 그러면 안되죠. 이제 이 모든 것이 완전히 끝난 데 기뻐해야 해요. 그리고 건강해지기로 결심해야 하고요." "결심한다고요?" "그럼요." 코라가 힘주어 말한다. "단단히 결심하셔야 해요. 결심하고 한발짝도 물러서선 안된다고요." "그렇다면 그

---

12 로마 시대에 길과 지표가 다다른 땅끝을 '여기 사자가 있다'(HIC SVNT LEONES)라고 지도 등에 표시한 것을 가리킴. 길들여지지 않은 존재들이 사는 미지의 땅을 의미함.

런 거죠. 하신 말씀 새겨듣습죠." 그들이 웃는다. 코라가 간다.

엘비라가 여자를 깨운다. 그녀는 버티고 서서, 우선 방을, 다음엔 환자를 살핀다. 환자가 보기에는 만족한 것 같다. 양동이를 덜커덩거리며 여자의 침대로 가서 악수를 한다. "자," 그녀가 마무리 짓듯 말한다. "아슬아슬했네요. 까닥하다 돌아가실 뻔했는데 말이에요, 그렇죠?"

여기다 대고 내가 뭐라 할 거며 무슨 생각을 해야 한단 말인가. 귀로 들어야 안다고? 들으려 하지 않는 자는 느껴야 하지만, 난 느낄 수도 없었다. 엘비라로부터 나온 이 한마디가 적잖은 반향을 남긴다. 이제 와 패닉에 빠진다는 것도 말이 안되는 노릇일 터. 엘비라야 그냥 나 스스로 알아야 했던 것을 말한 것뿐이지 않나. 다만, 유약한 사람 앞에서 진실이란 얼마나 많은 장막 뒤에 감추어져 있는지, 만약 그 지경이라면 진실은 얼마나 기묘한 형상을 하고 나타나는지 놀랄 따름이다. 그들 모두를 보면 난 이미 오래전에 알 수 있었다. 속을 알 수 없는 의사들 표정하며 간호사들의 몸짓, 특히나 당신도, 사랑하는 당신이 그렇게 말을 아끼는 모습을 보였는데. 이 모든 전령을 난 받아들일 수 없었다. 내 안의 무언가가 진실이 적나라하게 드러나지 못하게 경고했다. 그러자 급기야 엘비라가 와서, 간호사실과 부엌에서 우연히 들은 얘기를 터뜨리지 않으면 안되게 된다. 그래서 이 거친 날것 그대로의 문장이 나오게 되는 거다. 문장은 진실 그대로다. 불행하게도. 패닉도 늑장을 부린다, 그 모든 것처럼.

그런데 왜지? 불행을 피했고, 불행의 느낌도 사라질 수 있는데. 대신, 불행의 느낌이 더해지고, 자라고 또 자라, 결국 나를 가득 채우고 만다. 위험을 이겨내고 난 뒤에 오는 붕괴, 평범하고 진부한 이야기지. 말하자면 난 지금 나를 태우고 보덴제 호수를 건너온 이 형편없는 말 위에 앉아 있는 꼴이다. 이 비슷한 것을 난 교수에게 말하고야 만다. 교수는 마르고트 간호사로부터 내 몸 상태에 대한 만족스러운 보고를 듣기 위해, 초록색 옷을 입은 채로, 잠시 잰걸음을 한 차였다. "보덴제요?" 신경질적으로 물으며 마르고트 간호사 쪽으로 넘겨다본다. 간호사는 어깨를 으쓱하며 입가를 아래로 늘어뜨린다. "아, 보덴제요. 그런데 왜 그런 생각을 하시는 거죠?" "사실 아닌가요?" "사실입니다, 사실." 교수가 무뚝뚝한 얼굴로 말한다. "사람은 누구나 저마다의 진실이 있지요. 그걸 아셔야죠." "제 진실을 선생님은 알고 계신가요?" "물론입니다. 그게 뭐냐면, 바로 이거예요. 당신은 아팠습니다. 그것도 아주 위중했지요. 그리고 지금은 이겨냈고요. 병을 이겨내신 거예요. 이제부터는 오르막입니다. 다른 건 모두 어리석은 짓거리들이에요."

난 교수가 '죽음'이니 '죽다'니 하는 단어들을 입 밖에 내도록 하지는 않을 것이다. 마르고트 간호사와 테아 간호사가 나를 씻기고, 내 침대를 정돈하면서 쉬지 않고 나랑 수다를 떠는 동안 이 단어들이 유령처럼 내 머릿속을 헤맨다. 유쾌한 주제들이 오간다. 심지어 마르고트 간호사가 살을 빼려다 실패했다는 등. 내가 말한다. "참 어울리는 얘기네요. 굶기를 밥 먹듯 하는 사람 침대 옆에서 말이에요." 그들이 웃는다. 오늘은 사람들이 뭐든 가볍게 받아준다. 지시에 따른 게 분명하다. 내가 그걸 안다는 걸 그들도 안다. 그들이 복도에 서 있을 때, 교수가 마르고트에게 말하는 모습이 상상이 간다. "환자의 기분이 가라앉지 않도록 신경 써요. 부탁해요." 나중에 내가 테아 간호사에게 소리친다. "여봐요, 병원에서는 죽음에 대해 말하면 안되는 거지요." 그녀가 돌아보고 나를 정면으로 응시하며 말한다. "그렇죠."

이제 너도 알겠지. 내 안에서 누군가가 승리감에 차서 말한다. 하지만 난 알고 싶지 않다. 다시 돌아오는 이 힘겨움을, 이제 막 기억나는 물결이 나도 모르는 사이 나를 싣고 간 저 입구에서 한걸음 한걸음 다시 애써 멀어지는 이 힘겨움을 내가 감내하고 싶을까. 난 알고 있다. 조금만 동의해도, 살짝만 무너져도 충분히 이 문을 통과해 영원히 저 너머 강으로 흘러들어갈 수 있었던 이 순간들을 곧 잊게 될 것임을. 영원히 사라짐, 별로 아쉬워할 것도 없이. 그 순간을 난 놓친 거다. 왜 난 동의하기를 거부했던 걸까. 이제 피곤이 밀려온다. 곧 다시 잠에 빠져들 것이다. 이 굉음들을 한참 동안 듣지 않아도 되면, 저번에 감사하는 마음을 갖기로 하지 않았던가? 난 감사하는 마음을 가져보려 하지만 어떻게 하는지 모르겠다. 곧 다시 올 거야. 어떤 목소리가 위로하듯 내 잠 속을 파고든다. 그 모든 것이 다시 올 거야. 곧 난 멋지게 꿈틀대는 바다 위로 범선을 타고 간다. 그 범선의 이름은 에스뻬란자이다.

흠, 깨어나면서 난 약간 들떠서 생각한다. 그렇게 당장 들이닥칠 필요는 없을 테지. 그때 당신이 와 있고, 점심때 내 체온이 적당했다는 것과 내 상태에 교수가 만족한다는 이야기만 입에 올리고 싶어한다. 오늘 아침에 엘비라가 내게 한 말을 당신은 들으려고도 하지 않는다. 이제 그런 퇴행적인 신탁 따윈 흘려들으라는 거다. 당신은 꽃다발을 내가 바라볼 수 있는 곳에 둔다. 한송이 한송이 모두 우리 정원에서 온 것들이다. 당신은 꽃들이 어느 자리에 있는지 나에게 상기시킨다. 곧 내가 집으로 가면, 피게 될 꽃들을 줄줄 늘어놓는다. 집으로 돌아가는 광경이 어렴풋이 내 눈에 떠오르다 이내 다시 퇴색하고 만다. 언젠가 이 침대 바깥으로 한발짝 디디게 될 거라고는 상상이 안 가기 때문이다. 내가 말한다. "당신 나 때문에 많이 두려웠나봐." 당신은 창가에 서서, 내가 아직 보지 못한 경치를 내다보며 말한다. "대체 무슨 생각을 하는 거야? 그건 그렇고, 삼일 내내 비 한방울 오지 않았어. 뭘 좀 수확할 수 있을지 모르겠어."

대체 난 무슨 생각을 하느냐고. 그러고 보니 난 아무 생각도 하지 않는다는 걸 문득 깨닫는다. 벌써 오래전부터 난, 별 아쉬움도 없이, 아무것도 생각하지 않았다. 생각을 하지 않으니 마음도 편안해졌다. 내가 당신에게 이 애길 하자, 당신은 돌아서며 이마를 찡그린다. "글쎄, 마음이 편안해졌다고." 내가 말한다. "모든 게 상대적이지. 그런 거지, 뭐" 하고 당신은 말하지만, 그 긴 세월이 흘러도, 여전히 나를 자극하는 그런 어조다. 내가 말한다. "내 말은 그냥, 생각하는 게 너무 고통스러워서, 몰래 다른 고통에 맞서 생각을 가라앉히게 된다는 거야." "그럼 당신 자신과 일종의 추악한 거래를 한

셈이로군." 침묵이 흐른다. "그러니까 그런 이론을 여기서 만들고 있었던 게로군." "마침 방금 든 생각이 그렇다는 거야. 좋은 것 같지 않아, 당신?" "'좋다'라는 말은 당신에게 어울리지 않아." "내가 받는 인상으로는, 당신은 그 말이 제 의미에 맞지 않는 것 같으니 잠시 내 주변에서 추방하고 싶어하는 것 같은데, 내 말 맞지?" "좀 사소한 악덕에 대해서나 얘기해보시지." "내가 생각하는 것이 내게 그렇게나 큰 악덕이었단 말이야? 거기에 대해 곰곰이 생각해봐야겠는데" 하고 난 히죽 웃는 시늉을 해 보인다. 난 당신이 무슨 생각을 하는지 안다. 죽음보다 더 큰 악덕은 있을 수 없다는 거겠지. 하지만 당신은 그런 말을 하지 않는다. 잠시 침묵한 동안 우리는 서로가 무슨 생각을 하고 있는지 안다. 그리고 우리는 동시에 같은 지점에 도착한다. 내가 말한다. "우르반 찾았어?"

당신이 이 질문을 기다리고 있었다는 걸, 또 이 질문이 심기를 건드린다는 것도 당신은 감추지 못한다. 우르반 일이라면 왜 만날 난 이 모양인지. "응. 찾았어. 죽었어." 나는 예견하고 있었다. 어떻게 죽었는지 난 묻지 않는다. 오늘은 아니다. 아직 너무 쇠약한 상태라 모든 방문객을, 심지어 당신마저도 잠시 후에 돌려보낼 수 있어서 한편 다행스럽다. "당신, 레나테랑 얘기해봤어?" 내가 묻는다. "아니." 달리 이유를 대지 않는다. "집에 가면 레나테와 얘길 좀 해봐야겠어." 세월이 흐르면서 이런 분업에 익숙해졌다. 잠시 후 내가 말한다. "우리도 참 많이 늙었어, 그렇지 않아?" 당신이 말한다. "얼마 안 남았지, 뭐." 별 확신도 없이 내가 말한다. "당신 생각이 그렇다면."

　무언가 내 마음을 불편하게 한다. 당신이 가고 나자, 당신이 듣고 싶은 걸 다시 말하기 시작했다는 생각이 얼핏 든다. 무자비한 시간은 지나간 것 같다. 그게 뭘 의미하는지 예감하지만, 난 그걸 아직 인정하고 싶지 않다. 우리는 레나테를 유타의 결혼식에서 마지막으로 보았다. 유타와 이별을 고하러 그녀만 오고 우르반은 오지 않은 걸 우리 모두는 당연하게 여겼다. 그녀가 말했다. "덴마크라니, 우리 중 거기 가본 사람은 아무도 없어." 유타와 같이 떠날 젊은 덴마크 외교관은 사람이 좋아 보였다. 그 자신도 지금 어떤 게임에 빠져들었는지 제대로 모르는 것 같았다. 하지만 그는 도울 수 있거든 도우라는 가르침을 받은 사람이었다. 이 젊고 예쁜 아가씨가 자기와의 결혼으로 자기 나라를 떠날 수 있다고 하니, 그는 그렇게 해주었다. 친구들은 모두 결혼식이라면 응당 그러해야 할 그런 즐거운 얼굴이 아니었다. 신랑은 덴마크식 특별 요리로 친구들을 접대하면서, 그들 모두가 자신의 젊은 신부와 춤추는 모습을 지켜봤다. 그는 신부에게 손대지 않을 거다. 물론이다. 그리고 신부는 어디서든 번역가가 될 수 있을 거고, 그에게 짐이 되지 않을 거다. 물론이고말고. 나중에, 한밤중쯤에 우르반이 기어이 왔다. 그는 레나테를 데리러 왔다. 다음날 일찍 출근해야 한다는 거다. 레나테는 싫다고 고개를 저었다. 우리는 우르반에게 내색하지 않으려고 애썼고, 그러자 그는 즉석에서 만들어진 바로 가서 취하기 시작했다. 당신이 그와 다툰 건 그때가 유일했다. 당신이 그쪽으로 가서 말했다. "꺼져!" 우르반은 그 즉시 홱 돌아서서 가버렸다. 한참 후에 우리는 레나테를 택시로 집에까지 데려다 줬다. 우리 중 누구도 한마디 말이 없었다.

"잴 필요 없어요." 내가 테아 간호사에게 말한다. "열이 없는데요, 뭐." "어머나" 하고 그녀가 말한다. "이보다 더 좋은 말이 어디 있겠어요. 이제 정말이지 즐거운 일만 있을 거예요, 그렇죠?" "네"라고 하지 않을 도리가 있나. 테아 간호사는 마음이 좋은 사람이다. 그녀가 나를 위해 기도했고 오늘 저녁에는 그녀의 신에게 감사하게 될 게 분명하다. 그녀는 즐거운 예언들로 가득 차 있다. 새 앰플을 내 링거에 걸면서 그녀가 말한다. "곧 이것도 이제 하지 않아도 될 거예요." 여러개의 배농관에서 나온 액을 찬찬히 살피면서 그녀가 설명한다. "어차피 이 관들도 곧 필요없을 거고요." 그녀는 이 모든 게 역겹다고 한다. 그런 말은 그녀에게서 처음 듣는다. 지금껏 그녀는 내 몸속으로 들어가고 다른 곳에서는 나로부터 나오는 이 모든 호스에 대해 항상 사무적으로, 심지어 기분 좋게 말했다. "그렇다고 링거를 뺏어가는 건 아니죠?" 거의 두려움마저 품고서 내가 말한다. "그러면 난 굶어죽는데요." 그러자 테아 간호사가 빈정대기 시작한다. 그건 결코 그녀에게서 기대하지 못했던 일인데 말이다. "보통 사람들은 입으로 먹어요. 벌써 잊으셨어요?"

환자한테 무슨 일이 있나. 굶어죽을까 걱정했다고? 교수는 인자한 아버지처럼 웃지 않을 수 없다. 테아 간호사가 그 얘길 했었다. 환자의 체온에는 전혀 관심도 없다. 환자가 마음이 상할 정도이다.

"굶어죽다니!" 그가 말한다. "그건 좋은 죽음도 아니잖아요. 우리 그건 단념합시다, 안 그래요? 그러니 우리를 한번 믿어보세요."

"달리할 도리가 있나요."

"그럼요." 그가 말한다. "달리할 도리도 없지요. 지금까지 아주 잘해오셨잖아요?"

그는 자신의 훌륭한 작업에 대해 칭찬을 듣고 싶어한다. 아직 칭찬이 없었던 거다. 이 병실의 무언가가 달라진 게 분명했다. 모든 사람이 여자에게 오늘 다른 얼굴을 하고 있다. 의무감에서 그녀가 말한다. "네, 선생님 덕분이지요." 그러자, 교수가 당황하며, 얼른 자리를 떠난다. 하지만 나가기 전, 문에 서서 한마디 던진다. "오늘 저녁에는 환자분이 훨씬 맘에 드는데요."

우르반이 죽었다. 그리고 그들은 나를 훨씬 더 마음에 들어한다. 곧 난 그들 마음에 쏙 들어서, 그들은 더이상 시험하는 눈빛으로 나를 쳐다보지도, 더이상 나에게 협조와 인내를 요구하지도 않게 될 것이다. 나로 인한 나쁜 소식에 놀랄 각오를 하지 않아도 되니 더이상 내게서 눈을 떼지 못하는 일도 없을 것이다. 우르반에 대해서라면 우리는 더이상 나쁜 소식에 놀랄 각오도 되어 있지 않았다. 좋은 소식도 아니지만. 반대로, 난 그가 없는 셈 쳤다. 언젠가 냉정하게 그렇게 생각했던 게 분명하다. 우르반은 모든 걸 함께했고, 앞으로도 모든 걸 함께하게 될 그런 사람이 되어 있었다. 그에게 더이상 함께할 수 없는 부당한 요구가 있기까지는 그랬다. 그런 요구를 하다니 우리 모두가 깜짝 놀랄 일이었다. 하지만 이건 원래는 희망 같은 것이었다. 혹은 아니거나. 다만 희망은 때때로 끝을 향해 달려간다는 사실, 아니 그래야 한다는 사실 또한 인정해야 한다. 그가 그걸 언제 알게 되었을까? 그 전날 한 연설을 철회하라는 요구를 받았을 때, 그때 갑자기 그렇게 된 걸까? 그 연설은, 레나테가 전화로 말했듯이 그의 절망으로부터 나온, 상당히 과격한 연설이었다. ─절망이라니, 무엇에 대해서? ─이제 돌이키지 않으면, 모든 것이 실패로 돌아간다는 연설이었다. "늦었어." 내가 말했다. 늦었어, 늦었다고. 아니면 레나테의 마음을 더 아프게 하고 싶지 않아서 그냥 생각만 했던가. 어쨌든 그녀에게서 기어들어가는 소리로 이 비슷한 대답이 돌아왔다. "더 일찍 반박하지 않은 데서 오는 절망감이었어." 다시 내가 나지막이 말한다. "왜 하지 않았던 거야?" "그러면 정말이지 모든 게 실패로 끝날 거라고 생각했기 때문이야." 레나테가 더이상 주체하지 못하고 울음을 터뜨리고 말았다.

원래 그는 그러기엔 너무 영리한 사람이었다. 그러니 그는 벌써 오래전부터 궁지에 몰려 있었던 거다. 우르반, 한때 내 마음에 들었던 사람, 해가 갈수록 점점 더 마음에 들지 않았던 사람. 그 사람을 난 친구라면 남아돈다는 듯 지워버렸다, 뭔가를 하는 대신…… 그런데 뭘 하지 않았다는 거지? 그와 얘기를 나눠야 했나? 심지어 지금도, 모든 것이 끝난 지금도 난 그게 부질없는 짓이었을 것임을 안다. 그가 선택했고, 그를 선택했던 그 출구를 난 비난했다. 나도 빠질 수 있었던 그 유혹을 난 끝내 물리쳤다. 우리, 우르반과 나는 달라도 너무 다르다. 뼛속까지 다른 사람들이다. 오래전부터 난 그걸 알고 있었다. 그걸 그에게 가르쳐주기도 하지 않았나. 그에게 말했었다. 그보다 더 어리석은 사람이 그런 행동을 했으면 용서할 수 있을 테지만, 그는 아니라고. 그후로 그는 날 만나는 자리를 영영 피했다. 나 역시 그를 만나는 자리를 피했다. 우리 무리는 더이상 접촉할 일이 없었다. 나쁜 일에서도 물론이고. 그건 가장 편안하게 변형된 관계였다. 양쪽 모두에게.

왜냐하면 자기 자신을 포기하든지, 아니면 그들이 '사실'이라고 부르는 것을 포기하든지 양자택일만 있을 수 있다는 인식이 서서히 드러났기 때문이다. '우리 공동의 관심사', 여기서 모든 형용사는 하나하나 떨어져나갔다. 이러한 인식은 일련의 세월이 흐르고 더욱 선명해졌다.

코라가 늘 하던 말을 또 한다. "생각을 너무 많이 하세요. 말씀도 너무 많으시고요. 이제 그만하면 충분해요." 코라를 해임해야겠다.

라디오에서 흘러나오는 클라리넷의 어두운 선율. 저런 게 아직 있구나. 여자는 잠이 들고, 아무런 꿈도 꾸지 않는다. 야근당직 간호사가 체온계를 가져왔을 때, 깨지만 다시 잠든다. 체온계를 다시 빼가는 것도 모른다. 자느라 엘비라의 요란한 등장도, 교수의 짧은 첫 방문도 놓친다. 교수가 왔다는 건 크리스티네 간호사로부터 듣는다. 교수가 기뻐했다고 한다. "바깥에 해가 나요. 농작물 수확이 좀 낫겠어요. 근데, 오른손은 링거에 묶여 있지 않으니 오른손으로 혼자 세수를 하실 수 있잖아요." 여자는 크리스티네 간호사가 하는 말 하나하나에 동의하고, 시키는 대로 한다. 간호사가 가자마자 여자는 곧 다시 잠이 들고, 깨어나다, 또 잠이 든다. 자다 깨면 햇살이 벽이 비친 걸 보고, 햇살이 헤매다 사라지는 모습을 본다. 그러다 어느새 당신이 침대에 서서 말한다. "잘도 잔다. 쑥쑥 크겠네." 내가 말한다. "너무 피곤해." "기적같이 놀라운 일도 아니지." 당신이 말한다. 나한테는 기적 같은 일인데.

난 감정이 생겨나는 동굴에 대해 이야기한다. 어디서 그걸 알게 되었는지는 말할 수 없다. "당신한테 내 경험의 어떤 것도 믿게 할 수 없단 걸 알아. 원래 감정들은 생겨나는 게 아니야. 떠오르는 거지. 마치 얼어 있던 것처럼. 아니면 마취되어 있거나."

"뭐로 마취되어 있었는데."

"충격으로, 내가 말하거나 글로 쓴 모든 것이 내가 말하지 않고 글로 쓰지 않은 것을 통해 왜곡되어 있다는 충격으로지."

"보통 그렇잖아, 여보." 당신이 말한다. "그 얘긴 됐다 나중에 하지, 응?"

"그래. 우르반은 어떻게 죽었어?"

"목매달았어. 작은 숲 속에서. 몇주 지나서야 발견됐어."

레나테, 맙소사, 불쌍한 레나테. 죽을 때까지 그 모습을 못 잊겠네. 당신은 그녀에게 전화를 했다고 말한다. 별 얘기 않더라고.

당신이 말한다. "그 사람, 팀원이 다 모인 자리에서 자기 자리에서 교체되었어. 연구소는 다른 사람이 맡게 되고. 그 친구 고집 알잖아, 한바탕 소동을 부리고 미친 듯이 날뛰다, 회합에서 뛰쳐나가 자기 차로 어디론가 가버렸대. 어딘가에 차를 세워뒀고, 나중에 사람들이 좌석에서 쪽지를 발견했어. '너희는 나를 찾지 못할 것이다'라고 적혀 있었다네."

"자, 오늘은 이만하지." "그래" 하고 난 잠이 든다. 깨어났을 때는 귀에 이 문장이 들려온다. '모든 지나간 것은 한갓 비유일 뿐.' 여자는 막 들어오는 코라 바흐만에게 이 문장을 말해준다. "사람들 참 영리하잖아요. 옛날 사람들 말이에요." 코라가 말한다. "그런데 원래 우리는 같은 직업을 가진 사람들이에요. 당신은 몸의 고통을 느끼고, 전 다른 곳에서 느끼죠."

"영혼 말이죠."

"방금 든 생각인데, 당신네 외과 의사들이 아무리 깊이 절단해 봐야 영혼을 찾아내지는 못할 거예요. 그러니까 영혼을 안 믿는 거고요."

교수가 자신이 뭘 안 믿는지 알고 싶어한다. 그가 문에 서 있었던 거다. "아, 영혼!" 마치 귀여운 새끼 동물에 관해 이야기하듯, 그가 기분 좋게 말한다. "믿지요, 믿고말고. 우리도 그걸 진지하게 받아들인다고요."

"뭐라고요?"

사실인즉슨, 영혼은 방해요소라는 거다. 그걸 과소평가할 수는 없고. 어떤 사례들의 진행 상황을 보면 비물질적인 방해공작 외에 다른 걸로는 설명할 수 없는 경우가 더러 있다고 한다.

"나도 그렇지 않을까 추측하셨겠네요."

교수가 직업의식을 드러낸다. 그녀의 경우에는 명백히 병원체가 존재했다는 거다. "우리가 이성으로 제압한 박테리아지요."

"제 약한 면역체계는 어쩌고요?"

"글쎄요" 하고 교수가 어깨를 으쓱해 보인다.

그 모습을 보고 두 여자가 웃는다. 그도 같이 웃는다. "환자분의 면역체계도 우리가 다시 만들어낼 거예요." 그런데 여자가 아직 고통스러운지 그가 조심스레 묻는다.

여자는 어디가 고통스러운지 귀 기울여보지만 아무것도 찾아내지 못한다. "보세요." 교수가 말한다. "얼마나 잘된 일이에요." 그는 마르고트 간호사가 내미는 일회용 장갑을 끼기 시작한다. 손가락을 넣자마자 두켤레가 찢어진다. 그가 욕하는 소리를 여자는 처음 듣는다. "만날 이래. 이놈들 제대로 된 장갑 하나 못 구해가지고서는." 누구를 '이놈들'이라고 한 건지 물을 필요는 없다. 야간당직이라 벌써 오래전에 와서 여자의 침대 발치에 있던 크나베 박사는 더 노골적이다. 뭔가 칙칙한 소식을 전하는 게 이 사람 타입에 딱 어울린다. 그는 결핍이라든가, 몰락, 퇴락에 대해 말한다. 아니면, 이런 규모의 병동에서 갈아입을 셔츠조차 충분하지 않다는 게 부끄러운 일 아니냐고. "우리가 여기서 매일 그때그때 닥치는 대로 일을 해결해야 한다는 데 대해 어떻게 생각하세요?" 그가 말한다. 그건 그렇고 체온은 어떤지.

여기 사람들 모두 결국 자기 문제를 주 관심사로 가져오기 위해, 여자의 체온과 다른 징후를 소홀히 할 수 있는 순간만을 기다린 것처럼 보인다. 그걸 마음에 든다고 해야 할지 여자는 잘 모르겠다.

모든 관심과 걱정을 한 몸에 받는 데 익숙해질 수도 있지 않나. 갑자기, 여자는 자신이 피곤할 권리가 있다는 생각이 문득 든다. 크나베 박사에게 그런 눈치를 주자 그가 당장 물러가고, 여자는 잠이 든다. 다시 나타난 이 인조인간. 별다른 동요도 없이 인조인간은 내 앞에서 파란 빛을 반짝이며 지하 통로로 둥둥 떠간다. 그 빛을 따라가는 동안, 오래전부터 그 이름을 찾고 있던 어떤 감정이 내 마음속에서 솟구친다. 이제 그 빛은 지하실 낡은 벽에 새겨진, 나에게는 별 의미 없는 이름들을 비춘다. 갑자기 죽은 가족의 이름이 눈에 들어온다. 그러자 그 감정은 더 강렬해진다. 그때, 삐거덕거리는 나무 문 앞에, 그을린 벽에 분필로 서툴게 휘갈긴 이름이 나타난다. 한네스 우르반. 이제 난 그 감정이 무엇인지 알겠다. 그건 전율이었다. 그 빛은 나무 문 너머로 나를 끌고 가려 한다. 그러자 어떤 외침이 들린다. 멈춰! 그 외침이 울리는 소리에 놀라 난 펄쩍 뒷걸음친다.

"나쁜 꿈을 꾸셨나봐요." 엘비라가 말한다. "소리 지르는 걸 들었어요." 엘비라는 자기는 전혀 꿈을 꾸지 않는다고, 자면서 소리를 지르지도 않는다고 한다. 방금 난 결코 잊을 수 없을 뭔가를 까딱하면 볼 뻔했다.

엘비라는 테아 간호사가 좋은 사람이라 여긴다. 전체 간호사 중 최고란다. 의사들 중 누가 최고인지는 말할 수 없다. 그녀는 의사들을 볼 기회가 별로 없다. 본다 하더라도 그들은 엘비라에게 신경도 쓰지 않는다. "의사 선생님들한테는 오직 병원 사람들만 있는 거죠. 물론 환자하고." 엘비라가 자랑스레 말한다. "그래야죠, 그럼요." 엘비라는 늦지 않게, 일직 간호사보다 더 먼저 나오기 위해 무척 일찍 일어난다. 다행히 전차가 그녀 집 바로 옆을 지나간다. 게다가 일찍 일어나는 것, 그건 그녀에게 별문제도 아니다. 그녀의 남자 친구도 일찍 일어나야 한다. 그는 어느 구내식당에서 감자를 깎고 채소를 씻는 괜찮은 일자리를 갖고 있다. 거기서 식사도 해결한다, 양껏 그리고 좋은 음식으로. "거기서 제대로 대접을 받는 거지요. 그럴 거라 믿어요. 당신네 두분도 정말 좋아 보여요." 엘비라가 말한다. 여기 병동 사람들은 모두 좋아 보인다고 한다. "그리고 여기서 얼마나 많이 배웠는지! 그럼, 안녕히 계세요." 삶이 제 궤도로 뛰어올라간다. 하루의 시간이 만들어진다. 아침, 점심, 저녁. 아침과 저녁으로 새로운 날이 만들어진다. 거기서 밤이 날카롭게 두드러진다. 의사들도 정해진 시간들이 있다. 그들은 다른 환자들보다 더 자주 여자를 보러 오지는 않는다. 교수만 자기 습관을 못 버리고, 첫 수술 전에 일찍 잠시 들른다. "어때요? 어젯밤엔 어땠어요?"

작은 라디오가 말하기 시작한다. 어떤 때는 여자에게 뭔가를 읽어준다. 아직 책을 들 수 없는 여자에게 그건 꽤 괜찮다. 한번은 라디오가 노련하고 신중한 목소리로 이렇게 말한다. '죽음은 삶을 위한 중요한 수단이지 않을까요.' 듣는 순간 반짝 이해되는가 싶더니 곧 다시 이해되지 않는다. "죽음이 물러난 경우에만 해당되는 말 아니야? 당신 생각은 어때? 그래야 삶이 그만큼 더 빛을 발하며 등장할 수 있잖아." 당신은 거기에 대해 아직 깊이 생각해보지 않았다. 당신은, 삶이 빛을 발하며, 혹은 평상시처럼 나타나기 위한 배경으로 죽음을 필요로 하지는 않는다고 생각한다. 역시 전에 비해 드문드문 오는 코라 바흐만은 그 문장을 다르게 해석하고 싶어한다. 말하자면, 삶에 염증이 나거나 지친 사람을 형벌 같은 삶의 권태로움에서 벗어나게 하고, 유익한 공포감으로 삶으로 되밀치기 위한 수단으로 삶은 죽음을 사용한다는 거다. 그렇게 해서 그 사람이 다시 제대로 살아가고 뭘 위해 이 세상에 있는지 다시금 깨닫게 하기 위해서란다.

"말하자면 뭘 위해서죠, 코라?" "음, 살기 위해서요." "바로 당신이 하고 있는 거" 하고 당신이 말한다.

코라가 나간다. 코라가 꼭 당신 취향은 아니라고 내가 말한다. "왜 아냐?" "왜인지 당신도 알잖아. 왜냐하면 코라는 모든 걸 자기 기준으로 바꿔놓으니까. 당신은 그런 거 싫어하잖아." "당신이 반대하잖아. 코라가 한 말을 그냥 옳다고 해야지 말이야. 게다가 당신은 그녀를 잘 몰라." "그게 당신이 판단할 수 없게 하기라도 했다는 거야 뭐야?" 그러자 당신은 반박하고 난 고집을 꺾지 않는다. 그러다 우리는 서로 싸우려 든다는 걸 알아채고 웃지 않을 수 없다. 내 건강이 돌아온 걸 이보다 더 잘 보여줄 수는 없으니.

다음날, 사전에 연락도 없이 병리학자가 온다. 여자는 그의 방문을 맞을 채비가 되어 있지 않았지만, 그렇다고 물론 거절할 수도 없는 노릇이다. 그런데 왜 거절하면 안되는 거지. 그의 주장대로라면 일종의 의례적인 방문이란다. 흠잡을 데 없이 새하얀 가운은 열려 있고, 가운 아래로는 줄을 세워 다림질한 옷을 반질반질하게 차

려입었다. 그리고 은색 넥타이. 말랐다기보다는 날씬한 편인데, 깡마른 손을 여자에게 내민다. 활기 없는 차가운 악수. 자, 하고 그가 약간 그르렁그르렁하는 목소리로 말한다. 지하세계가 보낸 사절단, 그는 여자가 웃길 기다린다. 정작 자신은 웃지 않는다. 그녀가 말한다. "지하실에서 병리학과 쪽을 가리키는 하얀 화살표가 그려진 표지판을 곧잘 지나갔어요." "지나갔다." 그가 말한다. "좋아요. 아주 좋아요." 이제 그는 미소를 짓는다. 이 웃음을 차라리 보지 않았으면 좋았을걸. 퀭한 두 뺨은 적어도 하루에 두번은 면도하는 게 분명한데, 그러고도 푸른빛을 완전히 없애진 못했다. 민망할 정도로 정확히 잘라낸 새까만 머리털 끝이 이마로 흘러내리고도 남는다. 오늘날에는 누구나 병리학이 어떤 건지 TV 영화를 통해서 잘 알고 있지 않은가. 차갑게 굳은 육체가 하얀 천 아래나 차가운 냉동 보관함에 놓여 있고, 자기와 관련이 없으니 그 광경을 견뎌내는 그런 장면들. 여자는 성급한 패닉 속에서 그런 상상을 해본다. 하지만, '하지만' 하고 방문객이 말한다. 자신은 그런 것과는 전혀 상관이 없노라고, 어쨌거나 거의 상관이 없노라고. 여자가 방금 한 생각을 어떻게 알 수 있었는지에 대해서는 한마디 설명이 없다. "사람들이 그렇죠." 병리학자가 말한다. "누군가 하지 않으면 안되는 일을 짐 지우고는 정작 그 일을 맡은 사람에게는 그들 자신의 어리석음으로 보답하지요." "맞아요, 그래요." 여자가 즉시 동의했다. 그점에 대해서는 그가 의심할 바 없이 옳다. 사람들은 정말 그랬다. 누군가 하지 않으면 안되는 일을 떠맡은 그자는 고통스럽게, 그러면서 동시에 조롱하듯 입을 씰룩거린다. 그런데 그는, 여자가 거의 믿을 수 없는 일이지만, 호기심이 발동해서 왔다. 그는 제 몸속에 그 정도로 위험한 짐승들을 사육했던 여자를 보고 싶었던 거다. 요컨대 그는 이놈들을 현미경 아래로 관찰했고, 격리시키고 인식했다. 이 완전히 특별히 별난 쌤플들, 이런 건 그와 같이 경험이 많은 사람도 늘 볼 수 있는 건 아니라고 한다. 장박테리아.

이제 여자는 농담이 하고 싶어졌다. 그러니 자부심을 가져야 하나요, 하고 물었다. 신중한 얼굴로 그가 여자를 훑어봤다. 경우에 따라 다르다고 한다. 여자는 어떻게 다른지 묻지 않았다. 여자는 대화를 계속 이어갈 기분이 나지 않았다. 일분 일초가 흐를수록 이런 식의 대화를 나눌 마음이 점점 더 사그라졌지만, 상대방은 전혀 눈치를 못 채고 있었다. 짬을 내어 제대로 수다를 떨 태세였다. 여자가 무엇을 노리고 있었는지에 따라 그 결과에 자부심을 가질 수도 있고, 아닐 수도 있다고 한다. "내가요?" 여자가 세상에서 가장 결백한 표정을 지으며 물었다. 이 어리석은 질문을 방문객은 짧은 손짓으로 처리해버렸다. 가정해서, 그녀가 만약 치명적인 퇴장을 의도했다면, 이 결과를 가져오기 위해 그녀가 보낸 이 양반들은, 하지만 약간, 그러니까 아주 약간 약했다. 그러나 그녀가 우리 모두가 살아내야만 하는 이 너무나 불합리한 삶에서 잠시 한숨 돌리기 위해 어떤 설득력 있는 구실을 필요로 했다면, 그런 거면, 참 잘했어요! 그것을 위해 그녀는 정말이지 위험을 감수했고, 그녀가 무리해서 꾀한 이 일은 야바위 싸움 수준은 아니었고, 이 경우엔 아마도 자부심을 가질 수 있다는 거다. 무엇에 대해서냐 하면, 바로 그녀의 승리에 대해.

하지만, 하고 여자가 말한다. 병리학자는 그녀가 무슨 대답을 내놓을지 듣기 위해 정중하게 머리를 기울인다. 그러다 여자가 더 말을 잇지 못하자, 그가 그녀를 대신한다. "하지만 그 뒤에 어떤 의도는 없었다는 거지요?" 여자가 별 확신은 없지만 스스로 느끼는 대로 고개를 끄덕인다.

그러자 그녀의 점잖은 손님이 말한다. "존경하는 부인, 우리가 지금 심리審理 같은 걸 하자는 건 아니잖아요. 그건 우리 두사람에게 불필요한 일이에요. 만약 무엇인가 우리가 행하고 그만두는 데에, 우리에게 일어나는 일에 최소한의 영향도 미치지 않는다면, 그건 바로 아마도 우리의 의도일 겁니다. 그렇지 않나요?"

그러니까 이자는 영향이 미치는 힘들에 대해 알고 있다는 건가?

이렇게 인용해도 된다면 '결과'로 봤을 때는 그렇다고 할 수 있단다. 자기가 일을 시작하고 처음에는 우리 인간이 단지 이런 결과가 나오게 하기 위해 뭐든 꾸미는 데 그 자신도 때로 놀라지 않을 수 없었다고 한다. "아마 믿지 않으실 테지만요."

"선생님 말씀은……"

"제 말은 우리가 내내 수다 떨고 있는 것, 바로 죽음을 두고 하는 말입니다. 이 단순한 말을 입 밖으로 내는 게 하필 이곳에서는 얼마나 힘든 일인지, 부인도 그걸 즐기지 않으셨나요?"

"그러고 보니 그런 것도 같네요."

"보셨죠?"

그를 놓쳐서는 안되니 한마디 더 한다. "그런데 왜 사람들은 죽음을 끌어들이는 데 특별히 더 애를 먹어야 하는 거죠?"

"이렇게 말해도 된다면, 부인 입에서 나온 그 질문은 참 이상합니다." 지금에야 든 생각이지만, 여자에게 이름을 말하지 않은 이 창백한 방문객이 말한다. 다른 일에는 지나칠 만큼 정확한 태도로 비춰 볼 때 이름을 말할 기회를 놓친 건 좀 이상한 일이다. "부인께서 아직 힘들을 완전히 다시 장악하지는 못하셨다는 걸 제가 깜빡했습니다. 고릿적부터 문학이 온통 죽음을 동경하는 인간들의 이러한 노력을 까다롭게 묘사해왔다는 데 대해서는 이의가 없으실 거예요, 그렇죠?"

여자는 아니라고 하지 못한다.

그러므로 이 불쌍한 영혼들이 허우적거리며 하는 모든 시도가 끝나는 곳이 바로 현실 가장 가까이라는 거다. 그리고, 흠, 현실에 근접해 있고 싶어하는 누군가는 바로 거기서 자기 일자리를 찾게 된다는 걸 상상할 수는 없느냐고.

"있다마다요." 여자는 상상할 수 있다고 한다. 충분히.

"최소한의 자기기만도 허용치 않는 그런 일자리를요."

"그것도, 물론. 비록……"

"비록 자기기만이 삶의 한 방편이긴 하지만,이라는 거죠? 살아남기 위한?"

"그렇게 보시려면 그렇기도 하네요."

그가? 그렇게 보고 싶으냐고? "아, 아닙니다." 그가 그렇게 보려는 게 아니라, 아직 살아 있는 모든 사람들이 그렇다는 거고, 그래야만 한다는 거다. "그럼 이만, 안녕히. 우리네 프랑스식으로 말하자면, 저마다 자기 취미가 있는 거죠. 조만간 누구나 진실을 알게 될 겁니다. 이 불쌍한 기만자들, 자기기만자들 누구나 말이죠. 우리 한번 기대해볼까요?"

여자는 자기 손님이 방금 어떤 복수형을 사용했는지 굳이 밝혀내려고 하지 않는다. "모든 인간은 죽기 마련이라는 진실을 말씀하시는 거지요?"

"그것도요. 하지만 무엇보다 존경받는 진실, 바로 소위 죽음의 외피 아래 그 무언가는 죽음에 축성된 자가 일생 동안 자기 자신에게 그랬듯 한번 야단법석을 부릴 만하지 않을까 하는 진실을 말하는 겁니다. 죽음으로 인한 야단법석을 말이에요. 아시겠어요? 그러다 어떤 사람은 나쁜 의미의 놀라움을—이 말이 제대로 된 말인지 모르겠지만—체험하게 되는 거고요. 그럼, 이만. 실컷 수다 떨었네요." 일을 더 미룰 수 없으니 그만 가야 한다고 한다.

여자는 그를 잡지 않는다. 가까스로 손에 입 맞추는 걸 피한다. "추우세요?" "약간요." "발에 이불을 덮어드릴게요, 괜찮죠?" "눈썰미가 좋으시네요. 정말로 고마워요."

병실로 들어서던 교수가 방문객을 복도에서 만났다. "귀한 손님이 왔었네요. 아주 탁월한 전문가입니다, 저 양반."

"뭐에 대해서요, 교수님."

"뭐긴요, 병원균의 특정한 배양기를 연구하는 거지요. 누군가 그
걸 찾아낸다면 바로 저 친구일 겁니다. 얼마나 많은 환자를 저 사
람이 구해냈는지 모르실 거예요. 우린 그냥 해당 병원균을 처치할
약을 투여하기만 하면 되지요. 저 사람 엄청난 열정을 갖고 병원균
을 추격하고 있어요. 병원균에 대해 거의 개인적인 적개심을 키워
왔다고 할 수 있어요. 한번씩 시간이 너무 오래 걸리면 그가 얼마
나 긴장하는지 몰라요."

"치명적인 퇴장을 피할 수 없으면, 그런 경우도 그를 긴장하게
하겠지요?"

"분을 참지 못해 한바탕 발작을 일으키겠죠."

"그러니까 그분은 삶을 사랑하시는 거군요, 그렇죠?"

"실례합니다만, 내 친구한테 쓰기엔 그건 좀 이상한 표현인데요.
아마도 이렇게 말하는 게 낫겠네요. 그는 죽음과 맞서싸우고 있다
고요."

"뭐 좀 여쭤봐도 될까요, 교수님? 교수님은 삶을 사랑하세요?"

"네."

일단 이건 접어두고, 그는 환자에게 몇가지 새로운 조치를 알려
주기 위해 왔다. 내일부터 인공적인 영양 공급을 중단하게 될 거라
고 한다. 사무적으로 이 사실을 알리고 난 후, 그는 환자에게 반박
할 기회를 주기 위해 잠시 시간을 둔다. 환자가 말이 없자, 그가 그
녀의 몫까지 맡는다. 우선은 정상적인 식사에 그녀가 적응해야 한
다는 거야 분명한 일이라고, 하지만 일반적으로 놀라울 정도로 빠

르게 그렇게 된다고. 며칠 후면 그녀는 이전에 먹지 않고 지냈던 걸 더이상 상상조차 할 수 없게 될 거라고 한다.

하지만 일단은, 에벨린 간호사가 침대 옆 작은 탁자 위에 잽싸게 갖다놓은 빵 한조각을 다 먹을 수 있어야 한다는 게 도무지 상상이 안된다. "흰 빵이에요." 빵을 가져다주며 그녀가 비밀스레 말했었다. 그전에 에벨린 간호사는 링거를 떼주고, 몇주 전부터 팔오금에 반창고로 단단히 붙여놓았던 바늘을 빼냈다. 그렇게 해서, 점차 그녀는 다시 제대로 된 사람이 될 것이다. 어떠한 신비의 영약도 그녀의 혈관에 들어오지 못한다. 여자는 비스듬히 앉아 혼자서 수프를 떠먹어야 한다. 하지만 그녀의 입은 수프를 받아들일 준비가 전혀 되어 있지 않다. 특히 의료진이 위라고 추정하는 곳에서는 더이상 음식을 섭취할 기관이 존재하지 않는 것 같다. 하도 오랫동안 필요치 않았으니 기관이 더이상 견디질 못한 거다. 교훈적인 발견이다. 빵은 지나치게 목을 긁는다. 세입 씹고 나자 여자는 빵을 내려놓고, 입맛이 없다고 잘라 말한다. 하지만 곧 돌아오는 말. "금방 입맛이 돌아올 거예요. 그래도 드셔야 해요." 무엇보다 철분 공급이 절실하다고, 여자의 철분 수치가 극도로 안 좋다고, 그렇게 피를 많이 쏟았으니 이상한 일도 아니라고 한다.

당신이 검은 구스베리 주스와 직접 요리한 채소 수프, 그리고 부드럽게 고은 닭 다리를 가져온다. 먹는 게 고역이라는 걸 당신은 물론 믿을 수 없다. 점차 난 선의를 지닌 사람의 신경마저 날카롭게 할 게 분명하다. 하지만 건강하게 된다는 게 얼마나 힘겨운 일인지 그녀가 누구에게 말해야 한단 말인가. 여자가 다시 걷고 싶어 하는 걸 누구라도 당연하게 여기는 듯하다. 걷는 걸 아주 잊어버리지 않았다면, 그리고 갈색 피부의 물리치료사 야니네가 너무 무리한 요구를 하지 않는다면 여자도 물론 그러고 싶을 것이다. 야니네의 아프리카인 아버지는 정치 상황에 연루되어 몇해 전에 독일인 부인과 헤어졌다. 야니네는 침대가에 앉아 있지만 말고 일어나 침대 옆에 서라고, 그런 다음엔 심지어 팔에 기대어, 당연한 일이지만, 한걸음 떼라고, 그런 다음 한걸음 더 걸으라고 한다. 이건 물론 그녀가 땀으로 범벅이 되어 기진맥진한 채 침대로 쓰러질 수 있기 전에, 이 두걸음으로 물러나야 함을 뜻한다. 이제 매일 두번씩 오겠다고 야니네는 약속한다.

"병동에 새 환자복이 없어요." 수석의사가 회진을 지체하며 침대 발치에 서서 여자에게 몇가지 일을 설명한다.

병원이 사회의 거울상이라고, 그리고 아무도 시인하려 하지 않겠지만, 이 사회는 이제 결핍의 사회라는 말을 여자는 듣는다. 수석의사가 계속 말을 이어간다. "우린 정말 필요한 물품들을 살 외국환을 한푼도 갖고 있지 않아요. 그러니 침대보며 수건이며, 이젠 아예 환자복까지 부족해요. 특정한 주사약은 차치하고, 아니면 이 일회용 장갑, 아이겐바우 장갑은 말할 것도 없고요." 장갑 때문에 짜증나는 일이야 나 자신 빈번하게 겪지 않았던가. "우린 경비를 절감하지 않으면 안돼요. 생산 공장은 생산계획에 도달해야 하고, 우리는 절약계획에 도달해야 해요. 다행히도 우리 주임의사 선생님은 위에서 존경받는 인물이에요. 그래서 너무 심하다 싶으면, 한번 가서 책상을 탕 치는 거지요."

단지 어떤 소문을 확인하고 싶은 마음에 약간 교활해져서 여자가 묻는다. 소위 아주 비싸다는 그녀의 약을 비축하고 있었는지.

수석의사가 코로 씩씩댄다. "환자분이야 모르셔야 하겠지만, 저는 어차피 이 뒤죽박죽 비밀에 질릴 대로 질렸어요. 당연히 우리는 그 약을 서독에서 구해야 했지요. 너무나 다급한 거라, 보건부로부터 파견된 파발꾼이 장기비자를 받아 전차를 타고 서베를린으로 가서, 이 약을 사서는 서둘러 돌아오는 기차에 올라탔지요. 우리는 연락을 받고, 다시 우리 쪽 파발꾼이 구급차를 타고 역에서 기다리다, 앵앵 싸이렌을 울리며 약을 이리로 가져온 거예요. 그게 제시간에 도착하게 될지 우리 중 누구도 장담할 수 없는 상황이었어요. 주임의사 선생님이 그렇게 신경이 날카로워진 모습은 처음 봤어요."

"아, 그렇군요." 여자가 말한다. 그러니까 그랬구나. 한데 질문 하나가 더 있다. "누구라도 약이 필요하면 이 약을 받았을까요?"

"그럼요." 수석의사가 말한다. 그건 그가 보증할 수 있다고 한다. 정말로 궁하면 특별자금에서 외국환을 내놓게 될 거라고. "그럼 우리는 다른 곳에서 긴축을 해야 하는 거지요. 그럼 어떤 결과를 낳게 되는지 아세요? 우리 모두는 임시변통으로 꾸며내는 데 선수가 되요. 여기를 떠난 동료들은 저 너머에서 오물에서 금을 만드는 기술로 주목을 받는다고요."

"동화에 나오는 가난한 방앗간집 딸처럼 말이죠." 그녀가 말한다. 그러다 여자는 그가 대체 왜 자신의 상관처럼 정원을 갖고 싶어하지 않는지 묻는다. 상관은 외과 의사 못지않게 장미 재배가로도 명성을 떨치고 있지 않은가. 아직도 불쌍한 방앗간집 딸 이야기에 머물러 있던 수석의사는 질문을 이해하지 못한다. 옛날 옛적에, 첫 수술을 앞두고 자신이 한 말을 여자가 들었다는 게 거의 믿기지 않는다. 그는 정원을 절대 갖지 않겠다고 하지 않았던가. 그 자신도 물론 기억하지 못한다. 수술을 앞두고 그들은 자신들의 신경계가 이미 극도로 집중하기 시작하는 동안, 딴 데로 정신을 돌리기 위해 그렇고 그런 사소한 일을 무심하게 이야기한다. 하지만 맞는 말이라고 한다. 정원이라면 그에게 별 관심거리가 아니다. 주임의사가 자신의 장미 종류를 늘어놓아 그들 모두를 신경 쓰이게 하니 더 그렇단다. "취미가 뭐냐고요?" 들으면 웃을 거라고 한다. 동전 수집이다. 동전을 수집하면 부수적으로 역사가가 된다고 한다.

"그래요? 역사가가 오늘날 시대를 보고 뭐라고 할까요?"

그가 비교를 해보려 하지만 허사다.

"그렇게 치명적인가요?"

"점점 더 치명적이지요. 하지만 우리 인간은 눈이 멀었어요. 그게 우리의 행복이고요."

"그리고 선생님은 눈먼 사람들을 걷게 하시는군요." 그녀가 말한다. "맞는 말씀이세요, 부인. 이보다 더 쓸모있는 일은 제 머릿속에 떠오르지 않았어요. 하지만 환자분께서는, 제가 보기에, 눈먼 사람들이 앞을 보게 만들려고 하시는 것 같은데요. 그러느라 가끔 환자분 자신이 못 걷게 되는 것도 그리 이상한 일은 아니네요.”

“이 진단도 선생님 전공에 속하는 건가요?”

“인간학 일반 전공 소관일걸요.”

“그래서 선생님은 교화시킬 수 없을 정도로 순진한 사람들의 불행을 보고 웃으시는군요.”

“저를 잘못 보셨어요. 소망대로 이루어지고 당신의 방앗간집 딸이 짚으로 금을 잣던 그런 시대를 왜 우리 같은 사람들은 동경하면 안되는 거죠?”

“동화라고 전부 등장인물의 행복으로 끝나지는 않아요. 안심하시라고 말씀드리자면, 전 치료됐어요.”

“그래요, 그 말씀이야 때가 되면 우리가 환자분께 말씀드리게 될 겁니다. 게다가 어떤 병은 아주 고집이 세거든요. 아, 제가 피곤하게 해드리고 있군요. 편안한 밤 되세요.”

하지가 가까워져, 서서히 날이 저물고 느지막이 어둑해지는 동안, 여자는 수석의사가 수집한 동전 앞에 앉아 하나하나 확대해서 관찰하는 모습을 그려본다. 끔찍한 황량함이 동전을 되비춘다. 모든 게 댓가가 있으니, 여자는 생각한다. 참여하지 않은 자의 편안한 마음을 갖는 대신 치러야 할 댓가는 기력을 갉아먹는 지루함이지. 하지만 그녀는 이런 걸 판결할 만한 사람이 못되는지도 몰랐다.

그러고 나서, 그녀가 볼 수 있는 하늘 한조각에, 지루하게 비 내리던 몇주가 지나가고 드디어 일몰이 들어온다. 색깔에 익숙하지 않은 여자의 눈은 이 광경을 거의 믿을 수 없다. 이 모든 게 이렇듯 순수하게 소모되어도 되는 건지. 누구를 위해 특별히 생각해낸 것도 아니고, 누구를 위해 누군가가 연출한 것도 아닌 이 모든 걸. 테아 간호사는 결코 그렇다고 생각하지 않는다. 그걸 믿는 사람은 어리석기 짝이 없는 사람일 게 분명하다. 여하튼 그녀 자신은 그런 일몰에 대해, 다른 많은 것들에 대해 누구에게 감사해야 할지 알고 있으니 기쁜 마음이다.

테아 간호사는 이제 배농관도 뗀다고 일러준다. "마침내 이 성가신 것들도 끝이네요. 사랑하는 주님은 인간이 몇개의 구멍이 필요한지 벌써 알고 계셨던 거예요, 그렇죠? 다른 것들은 이제 아예 막아버리자고요. 미련 없이 호스들을 내다버려야겠어요. 이제 얼마 안 걸릴 거예요. 편안하게 옆으로 돌아누우실 수도 있어요."

"옆으로 잘 수도 있고요?" "왜 안되겠어요." "정말이지 믿기지 않는군요. 많은 것들을 여기서는 그냥 잊고 살아요. 그런데, 조금 전에 내가 이 작은 라디오에서 뭘 들었는지 알아요? 암소가 인간 모유를 제공하도록 과학자들이 유전공학 연구를 하고 있대요."

"맛있게 드세요." 유머 감각이 없지 않은 테아 간호사가 말한다. 그녀가 그걸 죄악이라 칭할지? "네," 그녀가 말한다. "확실히요. 네, 한번 더 네예요."

"잃어버렸다 다시 찾은 단어 목록에다 '죄악'이란 말을 넣겠어요." 여자가 코라 바흐만에게 그렇게 말하자, 코라는 잠시 생각에 잠기다 곧 의심을 드러낸다. '죄악'은 그녀에게 인간을 구속하는 단어들 중 하나라는 거다. 그동안 그녀는 그리스 신화에 대해 좀 알아봤다고 한다. 하데스가 그녀의 흥미를 불러일으켰다고도 한다. 자기가 잠들게 하면 인간의 의식이 대체 어디로 사라지는 걸까 궁금해하던 차라고.

"하지만 하데스로는 아니길 빌어요, 코라."

"그러면 죽을 테죠. 하지만 경계에서 움직이는 그런 영혼들이 있거든요. 더이상 살아 있는 것도 아니고, 아직 완전히 죽은 것도 아닌. 가인 오르페우스가 자기 부인 에우리디케를 죽은 자들로부터 풀려나도록 하기 위해 부르는 노래를 엿듣는 그런 영혼들요. 노래가 갖는 이런 힘이란, 무슨 말인지 아시겠어요? 그가 노래하면 모든 야만적인 것이 멈추죠. 시시포스는 자기 돌에 걸터앉아요. 지옥의 개 케르베로스는 더이상 짖지 않아요. 죽음의 재판관은 왈칵 눈물을 터뜨려요. 인간의 야만적인 충동을 길들이는 수단으로서의 예술이야말로 제게 생각거리를 줘요."

"하지만 에우리디케는 저승으로 되돌아야 가야 하잖아요."

"오르페우스가 자신을 자제하지 못하고 그녀 쪽을 되돌아보았으니까요. 산 자가 죽은 자들의 눈을 바라봐서는 안된다는 게 현명한 일이라고 생각하지 않아요?"

"왜 그러면 안되죠?"

"보고 나면 살아갈 수 없게 될 테니까요."

"저승이 유혹적으로 보일 수도 있다는 말씀인가요?"

"아니면 우리 산 자들의 이승이 거부감이 든다고도 할 수 있고요. 전 환자분을 관찰했어요. 어떨 땐 환자분이 잠들었는데도 귀 기울여 들었죠. 이상한 곳을 가고 계셨어요."

"당신하고 같이였어요, 코라! 하지만 알 필요는 없어요. 나를 다시 돌아오게 할 의향이었어요?"

"제대로 돌아오지 않으셨다면요."

내가 돌아온 걸까? 코라가 가고 나자 여자는 자신에게 물어본다. 돌아오고 싶은가? 산 자들의 음식을 받아들일 뿐만 아니라, 그걸 맛있게 여기라고? 당신이 가져다준, 희멀겋고 맛난 밀죽을 괴롭게 물리치는 모습을 당신은 의심스럽고 못마땅한 눈으로 쳐다본다. 한숟갈 더 한숟갈 더. 이유식이라도 되는 양. 당신 할머니같이 밀죽을 끓일 수 있는 사람은 없을 거라 다시는 말하지 말길.

"삶이 역겹다는 생각이 우리 할머니한테는 결코 들지 않았을 거야. 아니면 죽음이 유혹한다든가. 할머니는 너무 가난하셨고, 아이가 셋이나 있었어. 그건 그렇고 당신 우르반에 대해 생각해봤어?"

"아니." 우르반이나 그런 유의 인간에 대해서 당신은 몇해 전부터 더이상 깊이 생각하지 않는다고, 나한테도 그러길 권한다고 말한다. 별로 새로운 일은 없다고 한다.

"혹시 있을지 모르지. 예를 들어, 어떤 매듭에 우르반과 내가 묶여 있는지. 죽음이 가장 안전한 도피가 될 수 있단 걸 당신 생각해본 적 있어? 절망이 아니라 비겁함이 누군가를 그렇게 몰아간다는 것 말이야."

"누굴? 우르반을?"

"예컨대 우르반을. 그 친구 그냥 계속 살아갈 용기가 없었던 거야. 힘겨워했다면 말이야. 그렇지 않아?"

"하지만 그 친구의 냉소주의가 늘 그를 구해줬잖아."

"오랫동안은 그랬지. 이제 보듯 늘 그런 건 아니고. 그 안에 있었던 한뼘 희망, 그게 그 친구의 약점이었어. 내 말을 당신이 이해한다면, 보리수 잎 같은 거지. 거기는 창이 뚫을 수 있었던 거야. 그 친구는 적당한 시기에 모든 희망의 싹을 밟아버릴 때를 놓친 거야. 그것이 그를 죽게 만든 거고."

그는 언젠가 여자에게 그렇게 하라고 절박하게 권했었다. 하지만 그 자신 그러한 태도를 고수하지 못했다. 그럴 수 없었던 것처럼 보이지 않는가 말이다. 약점인 희망. 그가 꼭 그렇게 표현하지 않았었나? 그리고 그건 그들이 마지막으로 만났을 때가 아니었나? 회의실 앞 저 로비에서. 휴식 시간이었는데, 흐드러진 뷔페를 즐기고 그 덕에 회의 후반부, 결정적인 부분에 찬성해야 할 그런 때였다. 회의의 전과정을 우르반이 진두지휘한 건 눈에 드러난 사실이었고, 그건 그가 치러내야 할, 자신을 증명할 일종의 시험대 같은 것이었다. 그가 조야한 연설을 끝내고 난 뒤였다. 눈에 띄지 않는 젊은 남자들로 화장실 출입구조차도 감시받고 있었다. 여자는 분노해야 했지만, 아쉽게도 슬펐다. 뜻밖에 여자가 우르반 맞은편에 서 있었다. 여자가 감시자에 대해 뭐라 하자 그는 어깨를 으쓱할 따름이었다. "내 관할이 아냐." "너희들은 연어 쌘드위치로 우리를 매수하려고 하지." 그녀가 말했다. 그는 입가를 씰룩거렸다. "너희

중 몇몇은 그보다야 더 값어치 있지." 연설문은 직접 쓴 거냐고 여자가 묻자 그가 분명한 어조로 아니라고 대답했다. 어쨌든 전부 다는 아니라고. 그녀가 물었다. "꼭 그래야 되니?" 그가 말했다. "응, 그래야 해." 그녀가 말했다. "너희들, 우릴 겁주는 데만 온통 신경 쓰고 있잖아." 그리고 그의 대답. "그렇게 해서 반대표가 열 표만 적게 나와도 할 만한 거야.""너도 알잖아. 단지 자신들의 권리를 요구할 뿐인데, 동료들을 유죄판결하고 배제하는 게 정상이라고 생각해?""내가 그런 말을 한 건 아니잖아." 우르반이 말했다.

그가 원래는 어떤 것도 '정상'이라고 생각하지 않았다는 건 곧 밝혀졌다. 아니면 여자가 그를 그렇게 멍청하다고 생각한 걸까? 다만, 최고 수뇌부의 권위가 위험에 처하면, 정말로 그들 뜻에 따라 결정되도록 하기 위해 뭐든 해야만 한다는 거다. 그래서 그는 자기 연설에다 그들이 언제나 옳다고 생각하는 것을 써넣게 했다는 것이다.

"하지만 예컨대 난 반대표를 던질 거야." 여자가 말했다. "몇몇 다른 사람들도." 얄팍한 입술로 우르반이 그도 안다, 유감으로 생각한다고 말했다. 그런 사람들은 스스로를 무척 용기 있다고 여길 테지만, 사실은 생각이 짧은 거라고 한다. 모든 우려에도 불구하고 이 회의가 규율 있게, 규정대로 진행된다면, 그들은 지도부에 뭔가 빚을 안겨준 셈이고, 그러면 다른 분야에서 다시 한걸음 전진할 수도 있다는 거다. 하지만 아쉽게도 지금 그런 걸 기대할 수는 없고, 그는 아직 구제할 수 있는 걸 구제하려 한다는 거다.

“대체 아직 구제할 수 있는 게 뭐지?” 여자가 물었다.

“건물의 전면이지. 적어도 한동안은.”

그녀가 말했다. “사정이 그렇다는 거지?” 그가 그렇다고 대답했다. “그런데 건물의 전면은 왜 필요하지?”“질서 있는 퇴각을 덮어버리기 위해서지. 아니면, 무질서한 붕괴가 더 좋다는 거야?” 그가 물었다.

잠시 후 여자가 말했다. “잘못된 대안들 가운데서만 선택한다는 거, 그게 뭘 의미하는지 너도 알잖아.”

그도 알고 있었다. 채워질 수 없는 것에 대한 희망은 마침내 포기하라고, 아마 아직도 뭔가를 바꿀 수 있다는 생각에서 나오는 것 같은 비생산적인 저항도 포기하라고, 그가 그녀에게 충고한다. 유치하다는 것이다.

“신新메피스토군.” 그녀가 말했다. “영원함이 아니라 정지로 유혹하는. 그러니까 넌 모든 걸 포기하는 거구나.”

“응, 어쨌거나 이 시대에 대해서는. 이 시대는 우리의 실험에 적합하지 않았어. 우리도 적합하지 않았고, 특히 우리가 말이야.” 애석하다고 자기에게 말할 필요는 없다고 한다. 앞으로 늘어날 희생자들이 애석한 거지. 그에 비하면 오늘 그들이 배제시켜야만 할 몇몇사람들은 아무것도 아니라고 했다. “씁쓸하지 않은 건 아니지만, 이 사람들 유약하게 무너질 거야. 내가 보장할 수 있어. 이 사람들 우리에게 한번 더 감사하게 될 거야.”

화해하지 않은 채 두사람은 강당으로 돌아갔다.

저녁 늦게 여자는 코라 바흐만에게 묻는다. 손실을 겪으며 느끼는 고통은 전에 가졌던 희망의 크기라는 걸 아느냐고. 코라는 몰랐다고 한다. 내가 그녀에게 말한다. "고통의 흔적을 따라가보는 것, 무장해제하고서 말이에요, 그건 그럴 만한 가치가 있는 것 같아요. 그게 삶의 가치인 것 같거든요."

코라도 전적으로 동감이다. 우리는 다시 손을 잡고, 도시는 우리 발아래에서 미끄러져간다. 무언가 평소와 다르다. 코라가 말한다. "뒤돌아보면 안돼요." 우리 둘 다. 난 무슨 말인지 알아듣는다. 마침내 난 그녀가 누군지 알게 된다. 그녀는 아직 죽지 않은 영혼들을 하데스 입구에서 가로막고, 저승에서 낚아채 이승으로 돌려보내는 전령이다. "당신 드디어 해냈군요, 코라." 내가 말하자, 그녀가 반 농담조로 말한다. "하지만 환자분하고는 그리 간단한 일이 아니었어요." 그녀가 이제 나를 떠나야 한다는 걸 난 안다. 그녀는 내 손을 놓고 사라진다.

무언가 아픔을 느끼며 난 잠에서 깨어난다. 밝은 아침이다. 야니네가 내 침대에 서서, 오늘은 창가까지 가게 될 거라고 통보한다. "여덟걸음이에요." 그녀가 말한다. "오늘 한번 무리해보지요." 반항이라곤 허용되지 않는다. 우리가 창가에 섰을 때, 당신이 교수와 함께 눈에 들어온다. 또 비밀 회담을 가졌나? 이번에는 아니다. 정말이지 우연히 내 방문 앞에서 만났다.

그동안 내내 어디 가 계셨는지 아시게, 이 전경 한번 보세요.

도시와 정원과, 지평선까지 미치고 태양 속에 빛나는 호수가 빛

어낸 전경이다. 호수가 태양 속에 반짝이는 광경을 노래한 시들이
얼마나 많은지. "자연에서 아름답지 않은 게 없어." 당신이 말한다.
맞아. 아름다워. 내가 말한다.

　당신 울면 안돼.[13]　당신이 말한다.

　그것도 시에 나오는데. 내가 말한다.

유토피아의 상실, 그 이후: 치유 (불)가능한 (국가)몸
―크리스타 볼프의『몸앓이』*

동독 작가, 크리스타 볼프

구동독을 대표하는 작가 크리스타 볼프는 통일 후 영욕의 세월을 보내다 2011년 향년 82세의 나이로 세상을 떠났다. 볼프는 그 누구보다 동독의 운명과 궤를 같이한 작가라 할 수 있다. 1929년 란츠베르크에서 상인의 딸로 출생한 볼프는 나치즘으로 점철된 유년 시절을 보내고 1945년 부모님을 따라 메클렌부르크로 이주한다. 독일 땅에 '유일한 노동자와 농민의 나라' 동독이 건설되자 통

---

* 이 글은『뷔히너와 현대문학』41호(2013.11.)에 수록된 필자의 동명의 논문을 발췌 수록한 것이다.

합사회당(SED)에 입당하며 나치즘적 과거를 극복하고 사회주의자로 변모한다. 1963년 『나누어진 하늘』(*Der geteilte Himmel*)로 동독뿐 아니라 서독에서도 명성을 얻게 되고, 이어 1968년 『크리스타 T에 대한 추념』(*Nachdenken über Christa T.*)으로 작가로서의 입지를 굳혔다. 굳건한 사회주의 신봉자였던 볼프지만 곧 동독의 전체주의적인 성격이 드러나자 점점 당과 거리를 두고 체제비판적인 글을 쓰면서 당과 불편한 관계를 유지하게 된다. 대표작 『카산드라』(*Kassandra*)에서는 조국의 멸망을 예언하지만 이를 믿어주지 않는 신화 속 인물 카산드라를 통해 동독의 몰락을 예견하고 있다. 이렇듯 동독의 저항 작가로 통하던 볼프는, 하지만 통일 후, 과거에 자신도 의식하지 못한 짧은 시기 비밀경찰 슈타지와 협력한 사실이 드러나면서 치명적인 도덕적 상처를 입게 된다. 때마침 발표된 『남은 것』(*Was bleibt*)은 비밀경찰에 감시받는 동독 작가의 일상을 그리고 있어 통일 후 최대의 문학 논쟁을 불러일으켰다. 물론 시간이 지남에 따라 이 또한, 통일 직후 동독 지성에 대한 마녀사냥에 희생양이 된 것으로 평가되면서 볼프의 명예도 어느정도 회복되기는 하지만, 이런 일련의 과정을 겪으며 볼프는 깊은 내상을 입게 된다. 이 시기의 개인적 체험은 『메데이아』(*Medea. Stimmen*)에 고스란히 담긴다. 신화적 소재를 빌려오긴 했지만 통일독일에 대한 소회로 읽을 수 있는 『메데이아』에서는 서독 사회에 대한 비판적 시각과 동독에 대한 향수를 엿볼 수 있다. 현실사회주의와 이상적 사회주의 간의 크나큰 간극 사이에서 끊임없이 동독 체제를 비판했던 작가에게 그렇다고 서독의 자본주의 사회가 대안이 될 수는 없었다. 그런 이유로, 동독의 전체주의 체제하에 숨 막혀 하던 많은 작가들이 서독행을 택했음에도 볼프는 마지막 순간까지 동독과 운명을 같이했다.

통일 후에도 구동독에 대한 기억은 볼프에게 지나간 과거가 아니라 늘 곱씹게 되는 현재형 테마였다. 2002년에 출간된『몸앓이』(*Leibhaftig*)는 그중에서도 동독 체제에 대한 작가의 문학적 결산으로 단연 눈에 띈다. 생사를 넘나드는 환자의 병원 체류기라고도 할 수 있는 이 작품에서 인물의 발병과 수술, 치료 과정은 동독 체제의 축소판으로 읽힐 수 있기 때문이다.

은유로서의 몸

크리스타 볼프의 문학에서 '몸'은 사회와 깊은 관련을 맺는다. 개인과 사회의 갈등은 인물의 마음을 병들게 하고 심신 상관적인 관련 속에서 병든 마음은 병든 몸으로 나타난다. 그 대표적 예로『크리스타 T에 대한 추념』에서는 자유로운 상상력과 감수성을 지닌 개인이 동독의 경직된 사회에 적응하지 못하고 결국 이른 죽음을 맞이한다.『카산드라』에서는 자신의 거짓된 나라에서 카산드라가 진실을 말할 수 없게 되자 몸이 발작을 일으킨다. 이렇듯 몸은 사상이나 언어보다 구체적이고 정직한 것으로 그려진다.『몸앓이』

에서는 아예 '몸'을 제목으로 내세우고 있다. 그런데 몸(Leib) 그대로가 아니라, 형용사 어미 '-haftig'를 붙여, 직역하자면 '육체를 지닌' '화신(化身)의'라는 의미로, 다소 모호한 제목을 달고 있다. 그리하여 본격적으로 '몸'에 대해 다루되, 몸 그 자체를 넘어 비유적으로나 은유적으로 그 의미가 확장된다. 하지만 여기서도 몸이 사회 및 국가 체제와 밀접한 관련을 맺는 한에서는 앞선 작품들과 궤를 같이한다. 다만 『몸앓이』에서는 동독 체제를 직접적으로 언급하기보다, 과거와 현재, 현실과 꿈, 의식과 무의식 등 다양한 차원이 뒤섞인 가운데 퍼즐식으로 짜맞춰 동독 체제를 암시하는 방식을 택한다. 그 가운데 몸은 주요한 매개체가 된다. 발병 원인은 기실 동독 사회의 모순과 관련되고, 면역체계의 총체적 붕괴는 그 모순의 심각성을 말해준다. 총체적 난국을 겪고 있는 동독 체제와 환자의 몸, 하지만 그 종착역은 다소 차이가 있다. 몸은 치료되고, 동독은 붕괴를 앞두고 있다.

이 작품에서 병든 몸은 의사들이 그 환부를 메스로 도려내야 하는 자연과학적 대상이자, 희망 없는 사회로부터 스스로 퇴장을 결정하는 심리적 주체이기도 하다. 그리하여 문학적 토포스로서 병든 몸은 병원체에 침입당한 몸을 넘어서서, 병든 사회에 대한 은유로 읽혀질 수 있다. 그런 한에서 여기서의 질병은 병리학적인 현상으로 국한되지 않고, 사회의 모순을 드러내는 매개체이다.

전기적으로 볼 때도 질병은 볼프와 관련이 깊다. 동독작가연맹의 회원이자 통합사회당의 중앙위원 후보였던 볼프는 예술가를 옥

죄는 정책을 가시화한 1965년 11차 당대회에서 예술의 자유를 옹호하며 당을 비판하는 연설을 한다. 이로 인해 볼프는 정치적으로 어려운 상황에 놓이게 되는데, 우연찮게도 연설 직후 심장발작을 일으킨다. 이후에도 몇차례 병마에 시달린 적 있는데, 이 또한 통일이라는 외적 사건과 무관하지 않다. 통일 직전 병원 신세를 지게 된 체험은 단편 「돌에서」(Im Stein)에 고스란히 기록되어 있다. 당시의 혼란스러운 상황과 괴로운 심정은 난해하고 실험적인 글쓰기로도 나타나는데, 수술실에 들어가 부분마취를 하고 수술이 끝날 때까지의 과정이 주된 내용이다. 통일 후 마녀사냥에 가까운 대중의 비판에 볼프의 몸은 다시 쓰러지고 만다. 『몸앓이』는 이 시기의 체험이 녹아들어간 작품이다. 그뿐만 아니라, 주인공이 베를린에 거주하는 작가 혹은 예술가로 설정된 점, 당과 협력하는 관계에서 점점 불신으로 바뀌게 된다는 점 또한 작가의 전기적 요소와 일치하는 부분이라 할 수 있다.

현재의 차원: 발병과 치료

『몸앓이』는 전체적으로 세가지 차원에서 전개된다. 우선 인물의 발병과 치료라는 현재의 차원이 있고, 다음으로 우르반이라는 옛 친구에 대한 기억을 중심으로 한 과거의 차원이 있으며, 마지막으로 꿈과 무의식의 세계가 있다.

현재 시점에서는 병원을 배경으로 인물의 병이 치료되는 과정이 세세히 묘사된다. 육십대로 추정되는 여주인공은 맹장염에 걸려 후송되던 중 합병증 증세를 보여 생사를 오가는 대대적인 수술을 받지만 병세는 오히려 악화될 따름이다. 심장이 발작을 일으키고 고열로 정신을 잃으며, 결국 면역체계 붕괴라는 진단이 내려지는 지경에 이른다. 의식과 무의식의 경계를 오가는 가운데, 인물은 깨어 있는 한에서 병원과 그곳에서 일하는 사람들을 관찰한다. 그 결과 병원은 "사회의 거울상"이고, 그 사회란 "결핍의 사회"이다.(157면) 매번 찢어지는 불량 일회용 장갑은 병원의 일상이 되었고, 환자가 땀범벅이 되어도 갈아입을 환자복이 충분하지 않다. 발병의 근원지, 병원체를 알아내도 이를 치료할 약을 서독에서 구할 수 있을지, 또 얼마나 신속하게 약을 조달할 수 있을지에 치료 여부가 달려 있다. 병원은 또 위계질서가 뚜렷한 조직이다. 여러명의 의사가 등장하지만 저마다 서열이 있고, 병원에서 갖는 위상도 차이가 있다. 환자들은 서열이 높은 의사에게 진료받길 원하고, 박사학위가 없는 의사를 굳이 '박사님'이라 칭한다. 병원 청소부는 간호사나 의사와 교류할 기회가 거의 없다. 이렇듯 병원은 계층화되고 서열화된 사회이다. 여러모로 병원은 말기에 이른 동독 체제를 연상시킨다.

흥미로운 것은 의사들 손에 맡겨진 인물의 태도이다. 때로 죽음에 대한 충동으로 한없이 무의식의 세계로 가라앉다가도 환자는 의식 세계에서는 몸에 밴 '협조적' 태도를 보인다. "'협조적이시잖아요, 그렇죠?' 그리고 실제로 난, 곤혹스럽게도, 기대에 부응하기 위해 의무감 비슷한 걸 느꼈다."(36면) 기존의 동독 체제에 보다 적극적으로 저항하지 못하고, 그리하여 현실사회주의를 개혁하는 대신, '통일'이라는 이름으로 서독에 흡수통합되고 만 데 대한 작가의 책임감과 죄의식을 짐작해볼 수 있는 부분이다. 그런 한에서 "내가 처한 이 모든 상황이 벌받는 거라 생각할 수는 없는 건지"(84면)라는 진술은 시사하는 바가 많다.

과거의 차원: 실패한 실험, '사회주의'

최초의 발병은 진작 있었다. 인물이 삼십대 중반이던 시절, 동료와 함께 제작한 영화가 시사회에서 검열될 거라는 소식을 접하자 심장이 발작을 일으킨 것이다. 이렇듯 발병 시점은 그 의미가 적지 않다. 국가와 개인, 체제와 예술이 충돌하는 순간 '몸'이 거부반응을 일으킨 것이다. 검열의 현장, 곧 시사회장에 가지 않아도 되도록 몸이 "술책"을 부리고 스스로 "연출한 건 아닌지 의심"스럽다.(15면) 현재 시점의 인물이 구급차에 실려 병원으로 이송되는 데 '간접적으로' 영향을 미친 사건도 역시 의미심장하다. 당 고위간부이자 옛 친구인 우르반이 실종되었다는 전화를 받은 것이다. 이제 현재의 인물이 병원에 체류하며 목숨을 건 사투를 벌이는 동안, 과거의 기억이 단편적으로 떠오른다. 과거와 현재를 이어주는 중심

인물은 동료 우르반이다. 그리고 서독에서 구한 약으로 치료에 희망이 보일 즈음, 우르반은 자살한 채로 발견된다.

과거에 무슨 일이 있었나. 우르반은 확고한 신념의 사회주의자로 처음에는 출세가도를 달리지만, 나중에는 당을 비판하는 태도를 보여 당으로부터 축출된 사람이다. 젊은 시절 주인공과 우르반이 사회주의 건설이라는 공동의 이상을 지닌 때도 있었지만, 곧 동독의 현실에 환멸을 느낀 주인공은 우르반과는 다른 길을 간다. 그래서 우르반을 회상하는 것은 곧 동독 체제로부터 자신이 어떻게 이반되었는가를 반추하는 것이기도 하다.

빅 브라더. "그걸로 살아가야 해" 하고 우르반이 언젠가 내게 말했다. "세계 어디서든 우린 그걸로 살아가야 한다고." 언젠가부터 그는 이 새로운 어조로, 거의 모반에 가까운 어조로 '우리'라고 말하기 시작했었다. 자기 나라에서 자기 나라 사람들로부터 의심받지만, 자신을 위로하고 정당화하는 위대한 형제애로 뭉친 우리, 떨쳐버리기 힘든 유혹이 시작되는 그런 형제애를 가진 우리를 그는 은밀하게 말했다. 나도야? 그래, 나도였다. 여자는 자기 집 전화선이 공모하며 사라진 지하실, 이 작은 금속 상자가 있는 실제 도시에 한동안 살았다. 그리고 동시에 다른 희망의 도시, 인류의 도시에 살았다. 그것은 그녀의 본래 고향이기도 했고 혹은 고향이 될 그런 곳, 우리가 미래에 구해내야 할 그런 도시, 우르반도 말했던 그 '우리'가 만들게 될 그런 곳이었다. 언젠가부터 여자는 그가 '우리'라고 말하면 더이상 자기한테 하는

말이 아니라고 느꼈다.(123면)

현 체제가 유토피아적 이상으로부터 멀어졌음을 우르반 또한 인식하고 있으나 그는 "신(新)메피스토"(166면)로서 체제의 전면적인 붕괴를 막으려 애쓴다. 하지만 결국 비극적인 죽음을 맞음으로써 그의 노력이 역부족이었음을 알 수 있다. 동독의 사회주의 체제는 구제 가능성이 없어 보인다. 곧 우르반의 죽음은 사회주의의 실패를 의미하고, 이는 다시 주인공의 발병과 맞물린다. 사회주의 체제의 대대적인 쇄신이 요구되는 것처럼, 주인공의 몸도 수술대에 오른다. 서독에서 구한 약으로 치료의 길을 찾는 아이러니한 결말은 독일 통일을 예감하게 한다.

이렇듯 동독 체제의 모순이 응축된, 우르반에 대한 기억과 연결되어 주인공의 병든 몸은 동독 사회의 은유로서 그 의미가 강화된다. 의사들은 우선 첨단기계와 의료기술을 동원하여 환자를 치료하려고 애써보지만 소용이 없다. 수술은 거듭되고, 환자의 목숨은 위태롭다. 그러자 왜 이 지경에 이를 정도로 환자의 면역력이 약화되었는지 의문을 갖기 시작한다. 소설은 "다쳤어"라는 간결한 문장으로 시작된다. 소설 전체는 다치고, 병에 걸리고, 죽음의 문턱에 이르기까지 질병과 죽음에 관한 이야기이다. 환자가 앓고 있는 맹장염은 흔한 질병 중 하나일 뿐, 사실 보다 중요한 것은 면역체계의 총체적인 와해이다. 대체 누가(무엇이) 다치고, 누가(무엇이) 병에 걸렸는가. 소설은 독일 통일 이후에 씌어졌다. 곧 동독의 붕괴는 이미 벌어진 일이다. 작가는 여기서 붕괴 자체보다는 왜 그토록 동독이 약화되었는지 스스로 되묻고 있는 것이다. 그런 한에서 자신과 다른 길을 간 사회주의자 우르반에 대한 연민이 느껴지며, 체제에 대한 환멸로부터 앞으로 더 나아가지 못한 데 대한 인물의 죄의식이야말로 이 소설의 저변에 흐르는 주요한 정서가 된다.

무의식의 차원: 죽음으로의 여행

전신마취와 고열로 인한 환각 상태에서 인물은 몇차례 무의식의 세계로 가라앉는다. 그것은 공간적으로는 수술실이 있는 병원의 지하실로부터 연상되어, 베를린의 집 지하실 미로 속을 헤매는 것으로 묘사된다. 이 지하세계는 과거로 나 있는 길이자, 무의식의 공간이며, 하데스가 지배하는 죽음의 입구이기도 하다. 과거의 기억은 나치 시대로까지 거슬러올라가, 주인공의 이모가 유대인 의사를 사랑하여 아이를 낳기까지의 장면이 떠오른다. 현재의 주인공을 도청하는 전화선이 파묻혀 있는 지하실은 그리하여 전체주의 국가 동독이 과거 나치즘과 연결되어 있음을 암시한다. 나치 과거의 잔재, 분단의 모순, 검열과 감시 등으로 점철된 지하세계가 바로 동독 체제를 떠받들고 있는 셈이다.

무의식의 세계는 하데스가 지배하는 지하세계와 맞닿아 있고 인물은 죽음에 대한 충동에 이끌린다. 자신의 고통을 '고문'이라

느끼며 인류에 가해진 온갖 고문들을 제 몸으로 받아들이게 된 것이다.

이제 난 지옥의 소음을 견뎌내야 하고, 고문받는 자들의 행렬을 지켜봐야 한다. 그들은 역사를 통해 끌려가고 나의 내면으로부터 날 바라본다. 원망하는 눈길이 아니다. 고통을 감내하며 바라본다. 나는 고통받는 자들과 마주하고 있다. 나 자신이 고통받을 때에만 그럴 수 있다. 고통의 비밀스러운 의미가 떠오른다. 곧 잊게 될 거라는 걸 난 안다.(116면)

인물을 무의식의 세계로 이끄는 이는 마취과 전문의 코라 바흐만이다. '코라'(Kora)는 대지의 여신 데메테르의 딸로 명부의 왕 하데스에 의해 납치된 신화 속 인물 페르세포네의 다른 이름이기도 하다. 페르세포네는 딸을 잃고 슬픔에 잠긴 어머니의 노력으로 반은 지상에서 반은 지하세계에서 보내게 된다. 바로 죽음과 삶의 경계를 오가는 것이다. '바흐만'(Bachmann)은 미완성작 『죽음의 삼부작』을 쓴 작가 잉에보르크 바흐만을 떠올리게 한다. 이렇듯 이름에서부터 죽음을 연상시키는 코라는 인물이 무의식 세계를 날아다니는 데 동반자가 된다. 하지만 그녀의 역할은 죽음으로 들여보내는 것이 아니라, 그 문 앞에서 삶으로 귀환시키는 것이다. 죽음에 대한 충동을 극복하고 삶에 대한 의지가 되살아나고서야, 우연찮게 병원체의 정체도 밝혀지고 치료약도 구해진다.

생으로의 귀환: 문학을 통한 치유

삶과 죽음의 경계를 넘나들던 인물은 이렇게 가까스로 목숨을 구하고 다시 지상의 삶으로 돌아온다. 동독의 부패와 모순이 강할수록, 주인공의 몸은 치유 불가능한 것으로 보였었다. 그렇다면 인물의 치유에서 동독 사회에 대한 희망을 읽어낼 수 있을까. 이 소설이 동독의 붕괴 이후에 씌어진 만큼 이 또한 시대착오적인 기대일 것이다. 대신 작가는 문학에 대한 희망을 내비친다. 주인공은 괴테의 시집을 침상에 두고, 자신의 괴로운 상념을 이미 괴테가 노래하고 있음에 경탄한다. "이백년 전 누군가가 어쩜 저렇게 정확하게 여자의 느낌을 표현해놓았는지."(90면) 자연과학적 사고로 무장하고 분석 대상으로만 환자를 대하던 의사가 괴테의 시를 읊조리게 되고, 신화라곤 통 모르던 코라가 신화에 관심을 갖게 된 것도 의미심장한 변화이다. 소설의 마지막을 보면, 겨우 몇걸음 뗄 수 있게 된 주인공이 비로소 창 너머 자연을 음미하게 되는데, 이 또한 시에서 그려진 바이다. 가인 오르페우스가 연주를 하자 "모든 야만적인 것이 멈추"었다는(162면) 신화의 이야기도 이 문맥에서 이해될 수 있다. 결국 작가는 이념의 대립을 넘어선, 시대를 초월한 문학의 힘, 예술의 힘을 유토피아로 보고 있는 것은 아닌지 하고 추측해볼 수 있다.

이분법적 사고에 대한 경계

볼프는 선과 악, 흑백논리로 이분화된 세계를 경계해왔다. 『카산드라』에서는 승자와 패자의 논리가 전쟁의 근원으로 지적되고 제삼의 것이 탐색된다. 『몸앓이』에서 주인공은 의식과 무의식의 세계, 삶과 죽음, 현실과 꿈의 경계를 넘나들며 '중간지대'를 체험한다. 현실의 시간단위가 무의미한 이 세계에는 이분화된 구분이 더이상 유효하지 않다.

> 익숙한 꿈의 궤도에서 난 거의 편안한 마음으로 다시 중간제국으로 미끄러져간다. 그곳은 정말이지 편안하다. 왜 그런지 궁금하지는 않지만, 내 안의 무언가가 대답을 알고 있다. 왜냐하면 어떤 생각도 여기서는 정지하고, 모든 구분이 멈추고, 선과 악, 참과 거짓, 옳고 그름의 구분이 더이상 유효하지 않기 때문이다. 그동안 혹사당했던 양심이 휴식을 취하는 곳. 빛깔은 회색이다.(128면)

이는 곧 선과 악을 구분하고, 참과 거짓을 판결하는 이분법적 사고에 대한 성찰이기도 하다. 바로 볼프가 자신의 문학에서 시종일관 천착해온바, 이성 중심의 계몽에 대한 반성을 엿볼 수 있는 대목이다. 그것은 '서술'에 대한 고민으로 나타나기도 한다. "서술을 나는 포기했다. 알고, 묻고, 판단하는 서술. 주장하고, 가르치고, 이해시키는 서술. 근거를 대고, 결론짓고, 모르던 사실을 발견하는 서술. 측량하고, 비교하고, 행동하는 서술도 포기했다.”(65면)

이분법적 사고를 극복하고 제삼의 것을 찾고자 하는 노력은 서술기법상 인칭에서도 확인된다. 소설에서 주인공은 삼인칭 ‘그녀’와 일인칭 ‘나’를 오가며 현재의 사건을 보고하거나 과거를 회상한다. 처음에는 병원에서의 현재 상황은 ‘그녀’로, 과거에 대한 회상은 ‘나’로 서술되다 점차 이러한 구분이 흐려진다. 과거와 현재, 의식과 무의식의 세계가 뒤엉킨 가운데 삼인칭 서술자와 일인칭 서술자의 혼재는 소설의 구조를 다층적으로 만드는 동시에, 주체와 객체가 더이상 구분되지 않고 하나가 될 수 있음을 보여준다.

번역의 문제

작품의 제목을 번역하는 데서부터 많은 고심을 하였다. 앞서 밝혔듯이, 독일어 ‘라이프하프티히’(leibhaftig)는 전혀 다른 의미를 지니고 있고 본문에서 이 단어의 어미를 활용한 언어유희도 보이기 때문이다. 이 모든 맛을 살릴 수 있으면 좋겠으나, 마땅한 말을 찾지 못해 차라리 ‘몸’을 화두로 하여 내용에 더 적확한 말을 찾고자 했다. 목숨을 건 전면적인 몸의 붕괴로부터 다시 회생한다는 의미에서 ‘몸앓이’라 칭하였으나, 혹 더 나은 번역이 있다면 이 또한 유보적으로 사용될 수 있을 것이다.

인칭과 관련해서도 번역에 어려움이 있었다. '당신'이라고 칭해지는 반려자가 등장하고, 특히 일인칭 서술자는 많은 부분 그를 향해 독백을 내뱉는다. 하지만 경우에 따라서는 실제 대화인지 내적 독백인지, 그것도 그를 향한 것인지, 혼잣말인지 불분명한 곳도 더러 있었다. 그대로 번역할 경우, 독자의 혼란이 예상되어 부득불 직접인용 부호로 대화 부분을 표시해놓았음을 밝힌다.

정미경(경기대 독문과)

작가연보

1929년   3월 18일 바르테 강변 란츠베르크(현 폴란드령)에서 상인 오토
          일렌펠트의 딸로 태어남.

1945년   2차 세계대전이 끝난 후 가족을 따라 메클렌부르크로 이주.

1949년   고등학교를 졸업하고 통합사회당(SED)에 입당.

1949~53   예나와 라이프치히에서 독문학을 전공. 저명한 독문학자 한스 마
          이어의 지도로 논문 「한스 팔라다 작품에 나타난 사실주의 문제
          들」 제출.

1951년   동료 독문학자이자 작가인 게르하르트 볼프와 결혼. 이후 집필이
          나 영화 제작 등을 공동 작업함.

1952년   첫딸 안네테 출생.

1953~59년 독일작가연맹에 다수의 글을 기고. 문학잡지 『신독일문학』(*Neue Deutsche Literatur*)의 편집부원으로 활동.

1955~76년 동독작가연맹 간부회의 일원이 됨.

1956년 둘째딸 카트린 출생.

1959~62년 할레로 이사함. '비터펠트 노선'의 영향으로 공장에서 일함.

1961년 『모스끄바 노벨레』(*Moskauer Novelle*)로 등단. 할레시 예술상 수상.

1962년 베를린에 체류하며 자유문필가로 활동.

1963년 『나누어진 하늘』(*Der geteilte Himmel*) 출간. 하인리히 만 문학상 수상.

1965년 통합사회당 제11차 총회에서 연설.

1968년 『크리스타 T에 대한 추념』(*Nachdenken über Christa T.*) 발표.

1972년 산문집 『읽기와 쓰기』(*Lesen und Schreiben. Aufsätze und Betrachtungen*) 발간. 게르하르트 볼프와 공저로 『틸 오일렌슈피겔. 영화를 위한 이야기』(*Till Eulenspiegel. Erzählung für den Film*) 발표.

1973년 테오도르 폰타네 상 수상.

1976년 『유년 시절의 모범들』(*Kindheitsmuster*) 발표. 볼프 비어만의 시민권 박탈 사건에 항의하는 공개서한에 서명.

1977년 동독작가연맹 베를린 지부 간부회에서 제명. 브레멘 문학상 수상.

1979년 『어디에도 설 땅은 없다』(*Kein Ort. Nirgends*) 발표.

1980년 서독의 게오르크 뷔히너 상 수상.

1982년 프랑크푸르트 대학에서 시학 강의.

1983년 『카산드라』(*Kassandra*) 발표. 미국 오하이오 주립대학에서 초빙교수로 있으면서 명예박사학위를 받음.

1984년   오스트리아의 유럽문학국가상 수상. 함부르크 대학으로부터 명예박사학위를 받음.

1986년   『작가의 차원』(*Die Dimension des Autors. Essays und Aufsätze, Reden und Gespräche 1959-1985*) 출간.

1987년   『원전 사고』(*Störfall. Nachrichten eines Tages*) 발표. 스위스 취리히 공과대학에 초빙교수로 체류.

1989년   『여름극』(*Sommerstück*) 발표. 통합사회당 탈당. 독일 통일에 관한 수많은 기고문 발표. 베를린 알렉산더 광장 등 시위 현장에서 대중 연설을 함.

1990년   『남는 것』(*Was bleibt*) 발표. 1959~62년에 동독 비밀경찰 슈타지와 세차례 만난 사실이 드러나면서 문학 논쟁의 중심에 서게 됨. 힐데스하임 대학으로부터 명예박사학위를 받음.

1992~93년 미국 체류. 병마에 시달림. 자신에 관한 슈타지 문건을 모두 공개.

1996년   『메데이아. 목소리들』(*Medea. Stimmen*) 발표.

1999년   엘리자베트 랑게서 문학상 수상. 넬리 작스 상 수상.

2002년   『몸앓이』(*Leibhaftig*) 발표. 독일도서상 수상.

2010년   미국 체류 경험을 바탕으로 『천사의 도시 혹은 프로이트 박사의 외투』(*Stadt der Engel oder The Overcoat of Dr. Freud*) 발표. 토마스 만 상 수상. 우베 욘존 상 수상.

2011년   82세의 나이로 세상을 떠남.

고전의 새로운 기준, 창비세계문학

오늘날 우리는 인간의 존엄과 개성이 매몰되어가는 시대를 살고 있다. 물질만능과 승자독식을 강요하는 자본주의가 전지구적으로 확산되면서 현대사회는 더 황폐해지고 삶의 질은 크게 훼손되었다. 경제성장만이 최고의 선으로 인정되고 상업주의에 물든 문화소비가 삶을 지배할수록 문학은 점점 더 변방으로 밀려나고 있다. 삶의 본질을 성찰하는 문학의 자리가 위축되는 세계에서는 가진 자와 못 가진 자 할 것 없이 모두가 불행할 수밖에 없다.

이 시대야말로 인간답게 산다는 것의 의미가 무엇인지 근본적인 화두를 다시 던지고 사유의 모험을 떠나야 할 때다. 우리는 그 여정에 반드시 필요한 벗과 스승이 다름 아닌 세계문학의 고전이라는 점을 강조한다. 고전에는 다양한 전통과 문화를 쌓아올린 공동체의 경험이 녹아들어 있고, 세계와 존재에 대한 탁월한 개인들의 치열한 탐색이 기록되어 있으며, 새로운 세상을 꿈꾸는 아름다운 도전과 눈물이 아로새겨 있기 때문이다. 이 무궁무진한 상상력의 보고이자 살아 있는 문화유산을 되새길 때만 개인의 일상에서 참다운 인간적 가치를 실현하고 근대적 삶의 의미와 한계를 성찰하는 지혜를 얻을 수 있을 것이다.

'창비세계문학'은 이러한 문제의식에서 출발한다. 세계문학의 참의미를 되새겨 '지금 여기'의 관점으로 우리의 정전을 재구성해야 할 필요성이 그 어느 때보다 절실하다. '정전'이란 본디 고정된 목록으로 존재하는 것이 아니라 그때그때 주어진 처소에서 새롭게 재구성됨으로써 생명을 이어가는 것이다. 우리는 먼저 전세계 문학들의 다양성과 차이를 존중하면서 국가와 민족, 언어의 경계를 넘어 보편적 가치에 기여할 수 있는 가능성에 주목하고자 한다. 근대를 깊이 성찰한 서양문학뿐 아니라 아시아와 라틴아메리카, 중동과 아프리카 등 비서구권 문학의 성취를 발굴하고 재평가하는 것 역시 세계문학의 지형도를 다시 그리려는 창비의 필수적인 작업이 될 것이다.

여러 전집들이 나와 있는 세계문학 시장에서 '창비세계문학'은 세계문학 독서의 새로운 기준이 되고자 한다. 참신하고 폭넓으면서도 엄정한 기획, 원작의 의도와 문체를 살려내는 적확하고 충실한 번역, 그리고 완성도 높은 책의 품질이 그 기초이다. 독서시장을 왜곡하는 값싼 유행과 상업주의에 맞서 문학정신을 굳건히 세우며, 안팎의 조언과 비판에 귀 기울이고 독자들과 꾸준히 소통하면서 진정 이 시대가 요구하는 세계문학이 무엇인지 되묻고 갱신해나갈 것이다.

1966년 계간 『창작과비평』을 창간한 이래 한국문학을 풍성하게 하고 민족문학과 세계문학 담론을 주도해온 창비가 오직 좋은 책으로 독자와 함께해왔듯, '창비세계문학' 역시 그러한 항심을 지켜나갈 것이다. '창비세계문학'이 다른 시공간에서 우리와 닮은 삶을 만나게 해주고, 가보지 못한 길을 걷게 하며, 그 길 끝에서 새로운 길을 열어주기를 소망한다. 또한 무한경쟁에 내몰린 젊은이와 청소년들에게 삶의 소중함과 기쁨을 일깨워주기를 바란다. 목록을 쌓아갈수록 '창비세계문학'이 독자들의 사랑으로 무르익고 그 감동이 세대를 넘나들며 이어진다면 더없는 보람이겠다.

2012년 가을
창비세계문학 기획위원회

창비세계문학 24

몸앓이

초판 1쇄 발행／2013년 11월 29일

지은이／크리스타 볼프
옮긴이／정미경
펴낸이／강일우
책임편집／권은경
펴낸곳／(주)창비
등록／1986년 8월 5일 제85호
주소／413-120 경기도 파주시 회동길 184
전화／031-955-3333
팩시밀리／영업 031-955-3399 편집 031-955-3400
홈페이지／www.changbi.com
전자우편／lit@changbi.com

한국어판 ⓒ (주)창비 2013
ISBN 978-89-364-6424-0 03850